Das Schicksal ist kurzsichtig

Teil 1

„Hast Du auch Deine Badesachen eingepackt?" fragte ich Svenja. Diese verdrehte die Augen und streckte mir dann die Zunge heraus.

„Pass lieber auf, dass Du nichts vergisst", antwortete sie.

Sie deutete auf den Stapel T-Shirts, der noch auf meinem Bett lag. Den Koffer hatte ich allerdings schon geschlossen. Jetzt musste ich ihn wieder öffnen. Ich versuchte die T-Shirts irgendwie noch unterzubringen. Nach einigem Hin und Her gelang es mir endlich. Ich stöhnte und ließ mich auf das Bett fallen.

„Urlaub ist echt anstrengend!" sagte ich.

„Komm Bella, das wird ein Riesenspaß! Du und ich in Italien! Wir werden uns köstlich amüsieren!" Svenja lächelte und ließ sich neben mir nieder.

„Ich freue mich doch! Wirklich! Aber Koffer packen gehört nicht zu meinen Lieblingstätigkeiten!" antwortete ich.

„Ich kontrolliere noch mal unsere Liste!" sagte Svenja. Sie stand auf und ging zu dem kleinen Tisch, auf dem noch die Dinge lagen, die in meinen Rucksack sollten.

Sie las der Reihe nach noch einmal vor, was ich aufgeschrieben hatte. Anscheinend hatte ich an alles gedacht.

Ich schaute mich in meinem kleinen Appartement um. Anfang des Jahres hatte ich meinen Eltern gesagt, dass ich endlich auf eigenen Füßen stehen wollte. Ich war jetzt Anfang zwanzig und es wurde Zeit das Kinderzimmer zu verlassen.

Jetzt, wo ich die Ausbildung zur Physiotherapeutin abgeschlossen hatte, konnte ich mir eine eigene Wohnung leisten. Svenja hatte mir bei der Suche geholfen und mich bei der Einrichtung beraten. Als Innenarchitektin hatte sie dafür das richtige Händchen.

„Dann kann der Urlaub ja beginnen!" sagte Svenja vergnügt. „Bella, ich bin mal gespannt wie die Italiener auf Deinen Namen reagieren."

„Dann sag doch einfach Isabell, so heiße ich ja eigentlich!" antwortete ich und zwinkerte Svenja zu.

Seitdem ich mich erinnern konnte, nannten mich alle nur Bella. In Italien heißt der Name übersetzt „die Schöne", aber schön fühlte ich mich heute wirklich nicht.

Ich war gestresst und hatte den Urlaub mehr als nötig. Die letzten Wochen waren sehr anstrengend gewesen. Nach der Ausbildung hatte ich mir einen neuen Job in einer großen Praxis gesucht. Dort verdiente ich gut, musste aber auch eng getaktete Termine in Kauf nehmen. Aber die Arbeit machte mir Spaß und die Kollegen waren nett.

Zu dem Urlaub in Italien hatte mich Svenja überredet. Sie wollte schon lange einmal dort

Ferien machen. Sie hatte uns in dem Badeort Riccione eine schöne Pension, ganz in der Nähe des Strandes gebucht. Morgen sollte es losgehen. Wir wollten mit meinem alten VW Golf in aller Frühe starten und uns beim Fahren abwechseln.

Ich schaute zu Svenja hinüber und konnte mir lebhaft vorstellen, wie die italienischen Männer sich nach ihr die Hälse verdrehen würden. Sie ist groß und schlank und hat einen dunklen Lockenkopf. Ich bin klein und zierlich und habe lange blonde Haare. Weil wir so unterschiedlich sind, nannte meine Mutter uns immer Schneeweißchen und Rosenrot, nach dem Märchen der Gebrüder Grimm.

„Ich fahre jetzt nach Hause!" sagte Svenja und griff nach ihrer Tasche. „Meine Sachen sind auch gepackt und ich bin morgen früh pünktlich um sechs Uhr wieder hier!"

Wir nahmen uns in die Arme. Svenja gab mir einen Kuss auf die Wange und schloss die Tür hinter sich.

Nachdem sie gegangen war, räumte ich meine Sachen in den Rucksack und kontrollierte zum wiederholten Mal, ob ich an alles gedacht hatte.

Zufrieden und leicht aufgeregt ging ich in die Küche und holte die Flasche Wein aus dem Kühlschrank, die ich heute Vormittag schon geöffnet hatte, um mit Svenja auf den Urlaub anzustoßen. Den Rest schüttete ich jetzt in mein Glas und ging auf den Balkon.

Die Abendsonne verschwand gerade gegenüber hinter den Hausdächern und ließ alles in einem wunderschönen Farbton erscheinen. Ich seufzte und setzte mich in einen der Lounge Sessel. Die Füße legte ich auf einen kleinen Schemel und trank dann den kühlen Wein.

Ich freute mich auf den Urlaub mit Svenja, aber ich war auch angespannt, weil ich bisher noch nie allein im Ausland war.

Ich wäre gern so unternehmungslustig und draufgängerisch wie Svenja gewesen. Aber leider bin ich zurückhaltend und schüchtern. Da konnte ich nicht aus meiner Haut.

In der Nacht schlief ich schlecht, weil ich zu nervös war. So eine lange Strecke, wie die von Wiesbaden nach Italien, war ich noch nie gefahren. Ich war froh, dass Svenja und ich uns abwechseln wollten.

Als es hell wurde, hielt mich nichts mehr im Bett. Es war gerade fünf Uhr, aber an Schlaf war nicht mehr zu denken.

Ich kochte mir einen Kaffee und dann leerte ich den Kühlschrank. Alles was verderben konnte, warf ich in den Müll. Im Treppenhaus kam mir mein Nachbar Herr Brucker entgegen und schaute mich erstaunt an.

„Hallo Frau Zimmermann, schon so früh auf den Beinen?" fragte er.

„Ich fahre heute in Urlaub. Ich habe etwas Reisefieber!" antwortete ich.

Herr Brucker lachte. „Das kann ich gut verstehen. Das geht mir auch so. Dann erholen Sie sich gut und kommen Sie gesund wieder!"

Ich bedankte mich und ging zurück in meine Wohnung. Mit einem Becher Kaffee und ein paar Keksen, die ich noch im Schrank gefunden hatte, setzte ich mich an meinen kleinen Küchentisch.

Ich hatte großes Glück, dass ich dieses wunderschöne Appartement in der Innenstadt von Wiesbaden gefunden hatte. Eine Patientin, die regelmäßig in meiner Behandlung war, hatte mir den Tipp gegeben. Die Wohnung gehörte ihrer Freundin.

Neben der kleinen Küche gab es einen großen Wohnraum, der im hinteren Bereich eine Nische hatte. Da es dort ein Fenster gab, bot es sich ideal als Schlafbereich an. Ich hatte ein schönes Badezimmer und einen Balkon, den ich mir immer sehr gewünscht hatte. Von dort aus konnte ich in den Innenhof und einen kleinen Park schauen. Die Praxis, in der ich arbeitete, war nur einen Katzensprung entfernt, sodass ich, wenn das Wetter es zuließ, mit dem Fahrrad fahren konnte.

Ein Blick auf die Uhr zeigte mir, dass Svenja bald hier sein musste. Ich spülte gerade meine Kaffeetasse, als es klingelte.

„Guten Morgen Bella!" sagte Svenja außer Atem. „Ich habe meinen Koffer unten im Treppenhaus gelassen. Bist Du fertig?"

Ich nickte und holte mein Gepäck aus dem Wohnzimmer. Nachdem ich noch einmal alles kontrolliert hatte, konnte die Reise losgehen.

Svenja half mir mit dem Rucksack und ich schleppte meinen Koffer die Stufen hinunter. Mein Auto stand in einer Seitenstraße in der Nähe der Wohnung.

Wir verstauten unser Gepäck im Kofferraum und umarmten uns. Wir sagten fast gleichzeitig: „Gute Reise und einen schönen Urlaub!"

Ich wollte im ersten Abschnitt das Steuer übernehmen. In Italien sollte dann Svenja fahren. Also ließ ich den Motor an, zwinkerte Svenja zu und steuerte Emil, so nannte ich meinen alten Golf, in Richtung Autobahn.

Wir kamen gut voran. Nach drei Stunden Fahrt machten wir eine Pause an einem Rastplatz, um einen Kaffee zu trinken. Als Svenja und ich zur Autobahngaststätte gingen, hupten und winkten uns mehrere Fernfahrer zu.

„Das kann ja heiter werden!" dachte ich. Svenja grinste und winkte fröhlich zurück.

Mit unseren Kaffeebechern setzten wir uns auf eine Bank in die Sonne. Langsam fiel die Anspannung von mir ab und ich begann mich wirklich auf den Urlaub zu freuen.

„Bella, Du bist nach all der Zeit immer noch ein Rätsel für mich!" sagte Svenja und stupste mich an. „Du bist so schön und ziehst alle Blicke auf Dich und Du registrierst es nicht einmal."

„Quatsch! Die glotzen doch alle Dir hinterher!" antwortete ich.

„Na ja, der ein oder andere schon. Aber nicht ausschließlich. Warum ignorierst Du denn alle Männer? In Italien musst Du schon etwas flirten. Das gehört dazu. Vielleicht findest Du ja dort endlich einen Mann, der Deinen Ansprüchen genügt!" sagte Svenja. Sie lächelte und schaute mich aufmunternd an.

„Ich habe es nicht eilig. Bisher war eben noch nicht der Richtige dabei!" antwortete ich. „Außerdem hast Du ja mit Deinen Auserwählten bisher auch nicht das große Los gezogen!"

Svenja stöhnte. Sie zog die Augenbrauen hoch und nickte dann etwas zerknirscht.

„Das stimmt allerdings, aber ich hatte trotzdem Spaß und weiß jetzt, was ich nicht will!" Sie fuhr sich durch die Locken und warf einem jungen Mann in einem vorbeifahrenden Sportwagen einen heißen Blick zu.

Ich schüttelte den Kopf und musste mir eingestehen, dass Svenja unverbesserlich war.

Ich trank den Rest Kaffee und warf den leeren Becher in einen Mülleimer.

„Komm Svenja, auf geht's! Sonst kommen wir nie an!" sagte ich.

Svenja nickte und trollte hinter mir her.

Die nächsten Kilometer verliefen ohne besondere Vorkommnisse und schon bald zeigten die Schilder an, dass es nicht mehr weit bis zur Grenze war.

Auf einem kleinen Rastplatz machten wir dann den Fahrerwechsel.

Je weiter wir Richtung Süden kamen, umso wärmer wurde es. Ich öffnete das Seitenfenster und hielt mein Gesicht in die Sonne.

„Sollen wir unterwegs anhalten und etwas essen?" fragte ich.

Svenja nickte. „Sehr gern. Ich habe einen Riesenhunger!" antwortete sie.

„Wir müssten auch bald tanken. Vielleicht fahren wir von der Autobahn ab und suchen uns dann ein schönes Restaurant!" Ich schaute skeptisch auf die Tankanzeige.

Wir verließen bei der nächsten Abfahrt die Autobahn und fuhren durch eine wunderschöne mediterrane Landschaft zu der nächsten

Ortschaft. Dort tankten wir und suchten nach einem Restaurant.

Nach einer Weile entdeckten wir eine Osteria, die geöffnet hatte. Mein Magen knurrte mittlerweile laut.

Es gab eine kleine Außenterrasse. Wir setzten uns in den Schatten und winkten dem Kellner, der gähnend auf uns zukam.

Er sagte etwas auf Italienisch, was wir nicht verstanden. Svenja und ich sahen uns irritiert an. Dann sagte ich: „Pizza, Pasta? Vino?"

Der Kellner grinste und gab uns eine Speisekarte. Es gab eine große Auswahl an Pasta Gerichten und die verschiedensten Pizzas. Wir zeigten mit dem Finger auf die Speisen, die wir ausgesucht hatten und bestellten außerdem eine Flasche Wasser.

Der Keller entfernte sich mit schlurfenden Schritten und kam nach kurzer Zeit mit dem Wasser wieder zurück.

Er legte das Besteck auf den Tisch und sagte dann an mich gewandt: „Bella Bionda!"

„Woher weiß der denn wie ich heiße?" fragte ich Svenja. Die bog sich vor Lachen und meinte dann: „Das heißt: Hübsche Blondine!"

Ich schaute zu dem Keller hoch und sagte: „Grazie". Das war das einzige italienische Wort das ich kannte.

Der Keller lächelte und entfernte sich wieder in Richtung Hintereingang des Restaurants.

„Daran musst Du aber noch arbeiten!" sagte Svenja. Sie goss das Wasser in unsere Gläser und lehnte sich dann zurück. „Hab ich Dir nicht gesagt, dass Du den Männern sofort auffällst?"

„Der Kellner soll lieber mal das Essen bringen. Ich habe einen Bärenhunger!" antwortete ich.

Kaum hatte ich das ausgesprochen, kam er mit einem Tablett an unseren Tisch.

„Buon Appetito!" sagte er und schaute mir in den Ausschnitt. Ich ignorierte ihn und widmete mich meiner Pizza. Auch Svenja aß mit Heißhunger. Es war wirklich lecker.

Später lehnten wir uns satt und zufrieden zurück.

„Jetzt habe ich gar keine Lust mehr weiter zu fahren!" sagte Svenja. Sie streichelte über ihren Bauch. „Ich muss aufpassen, dass ich nicht fett werde. Du hast da ja weniger Probleme!" Sie schaute neidisch zu mir hinüber.

Sie hatte Recht. Ich konnte essen was ich wollte, ich hielt immer mein Gewicht. Meine Mutter war auch immer noch gertenschlank. Das hatte ich bestimmt von ihr geerbt.

„Du hast doch auch eine tolle Figur. Jetzt mach mal nicht so einen Wind!" antwortete ich.

Svenja lachte. „Na ja, dafür mache ich ja auch jede Menge Sport. Ich bin bestimmt schon dreimal um die Erde gejoggt!"

Wir mussten beide grinsen.

Als der Kellner mal wieder um unseren Tisch schlich, fragten wir nach der Rechnung.

Er machte eine dramatische Geste und schaute traurig wie ein Dackel. Ich musste mir das Lachen verkneifen.

Er brachte nach einer Weile das Wechselgeld und steckte mir doch tatsächlich einen kleinen Zettel mit seiner Telefonnummer zu.

Ich warf das Stück Papier auf dem Weg zum Auto in den Papierkorb.

Svenja stieß mich in die Seite und fragte: „Warum sammelst Du nicht die Telefonnummern. Am Ende des Urlaubs wirfst Du sie alle in einen Topf und machst dann eine Tombola!"

Sie konnte sich bei der Vorstellung vor Lachen kaum halten. Das verging ihr aber kurze Zeit später, denn als wir auf die Autobahn fuhren, standen wir direkt im Stau.

Es ging überhaupt nicht mehr weiter. Ich kurbelte das Fenster hinunter und versuchte weiter nach vorne zu schauen. Aber außer weiteren Autofahrern, die das Gleiche versuchten, konnte ich nichts erkennen.

„Das hat uns gerade noch gefehlt! Hoffentlich geht es bald weiter!" Svenja stöhnte.

„Da ist bestimmt etwas passiert. Ich höre ein Martinshorn!" antwortete ich. Kurze Zeit später fuhr die italienische Polizei und dann die Feuerwehr an uns vorbei. Dann folgte auch ein Krankenwagen.

„Das kann länger dauern!" Ich öffnete die Autotür und stieg aus. Viele andere Reisende standen ebenfalls schon neben ihren Autos.

Aus einem Cabrio, das neben uns hielt, stieg Jemand aus und streckte sich. Ich drehte mich um und schaute in zwei bernsteinfarbene Augen, von denen ich mich gar nicht losreißen konnte. Die Augen gehörten zu einem wahnsinnig gut aussehenden Italiener. Jedenfalls hatte das Auto ein italienisches Kennzeichen.

„Erde an Bella! Bist Du noch ansprechbar?" fragte Svenja, die plötzlich neben mir stand.

Danach war auch sie still, denn sie hatte den Grund entdeckt, warum ich abgelenkt war.

„Was ist das denn für ein Sahneschnittchen!" Svenja schaute fasziniert zu dem jungen Mann aus dem Auto neben uns.

Dieser beugte sich gerade auf den Rücksitz des Autos und holte eine Flasche Wasser hervor.

„Darf das Sahneschnittchen euch einen Schluck Wasser anbieten?" fragte der junge Mann und reichte Svenja die Flasche.

Diese wurde rot wie eine Tomate. Sie schaute erschrocken und mir rutschte heraus: „Das hast Du jetzt von Deiner großen Klappe!"

Der junge Mann lachte laut.

„Das macht doch nichts. Danke für das Kompliment!" sagte er an Svenja gewandt.

„Ich heiße übrigens Luca!" Er reichte uns beiden die Hand. „Wir werden hier sicher noch eine Weile stehen. Wir sind jetzt Nachbarn auf Zeit!"

Er hatte einen umwerfenden Akzent und ich bekam noch weichere Knie, als ich ohnehin schon hatte.

Wir stellten uns ebenfalls vor. Als Luca meinen Namen hörte, schmunzelte er kurz, sagte aber nichts dazu.

„Woher kannst Du so gut Deutsch?" wollte Svenja wissen. Sie schaute neugierig.

„Meine Großmutter ist Deutsche. Sie hat sich in den sechziger Jahren einen italienischen Gastarbeiter geangelt! Mein Opa kommt aus Sizilien."

„Wenn er auch so aussah wie Du, dann hat sie alles richtig gemacht!" Svenja warf Luca einen schmachtenden Blick zu.

In diesem Moment wünschte ich mir wirklich, dass ich auch so flirten konnte wie Svenja. Ich schaute nervös auf den Boden, als Luca sich an mich wandte.

„Woher kommt ihr? Wofür steht das WI auf dem Kennzeichen?"

Ich stotterte nervös: „Wir sind aus Wiesbaden! Das ist in Hessen!"

Luca nickte mir freundlich zu.

„Und wo wollt ihr hin?"

„Wir wollen nach Riccione. Dort haben wir zwei Wochen Urlaub gebucht!" kam mir Svenja zuvor.

In diesem Moment rief ein hektisch winkender Mann: „Es geht weiter!"

Schnell stiegen wir wieder in unser Auto. Auch Luca setzte sich auch hinters Steuer.

Wir fuhren noch eine Weile langsam nebeneinander her. Dann erreichten wir die Unfallstelle. Es standen zwei ziemlich verbeulte Autos nebeneinander. Die Insassen waren aber augenscheinlich unverletzt. Sie saßen, sichtlich geschockt, auf der Leitplanke. Rettungssanitäter kümmerten sich um sie.

Plötzlich ging alles ganz schnell. Der Stau löste sich unvermittelt auf. Ich schaute noch einmal aus dem Fenster. Ich wollte Luca zum Abschied zuwinken. Aber sein Cabrio war schon weit vor uns. Enttäuscht schaute ich zu Svenja.

Sie zuckte mit den Schultern.

„Nachbarn auf Zeit hat er gesagt. Schade, dass die Zeit so kurz war. Das war ja mal ein toller Mann", sagte sie leise.

Ich nickte traurig.

„Ich gebe Dir ja nur ungern Recht. Aber dieser Luca ist wirklich nett", antwortete ich.

„Nett? Er ist ein Träumchen!" schwärmte Svenja. Ihre Begeisterung war echt. Das hielt sie aber nicht davon ab, gleich wieder in den nächsten Wagen zu schielen, der an uns vorbeifuhr.

Ich musste noch eine ganze Weile an Luca denken.

Nach einer weiteren Stunde sahen wir endlich das Schild, das uns anzeigte, dass wir die nächste Ausfahrt nehmen mussten.

„Endlich!" stöhnte Svenja. „So langsam tut mir der Hintern vom Sitzen weh!"

Wir fuhren noch ein paar Kilometer auf einer Straße, die irgendwann den Blick auf das Mittelmeer zuließ.

„Schau mal Svenja! Das ist ja ein wunderschöner Anblick! Und dieses Blau! So schön habe ich es mir gar nicht vorgestellt!" Ich war begeistert.

Svenja hielt bei nächster Gelegenheit am Straßenrand.

Wir konnten uns gar nicht sattsehen an der wunderschönen Küste. Es roch nach Salz und Sonne. Ein leichter Wind wehte über die Dünen. Aus der Ferne hörten wir das Lachen der Kinder, die in den Wellen tobten.

„Komm, die letzten Meter packen wir auch noch. Ich fahre jetzt bis zum Hotel!" forderte ich Svenja auf.

Nach kurzer Zeit hatten wir den Stadtrand erreicht. Svenja lotste uns per Stadtplan bis in eine kleine Seitenstraße, wo sich unser Domizil befand.

Das Hotel war eher eine kleine Pension, die idyllisch in einem kleinen Pinienwald lag. Es gab einen Parkplatz, auf dem wir jetzt Emil abstellten. Er hatte mich mal wieder zuverlässig ans Ziel gebracht.

„Danke Emil. Du bist das beste Auto, das man sich wünschen kann!" sagte ich und strich über das Autodach.

„Wenn Du mal bei Männern so zärtlich wärst!" Svenja lachte. Dann strich sie aber ebenfalls über den staubigen Lack.

Wir ließen unser Gepäck noch im Auto. Wir wollten uns erstmal an der Rezeption anmelden.

Über eine kleine Treppe gelangten wir in das Gebäude. Es gab eine große Lobby, an dessen Ende sich die Rezeption befand. Ein Ehepaar unterhielt sich angeregt in Deutsch mit der Dame hinter dem Tresen.

„Ich wünsche Ihnen eine gute und sichere Heimreise!" verabschiedete die Dame sich gerade von dem Ehepaar. „Bis nächstes Jahr!"

Die beiden Angesprochenen nickten freundlich und entfernten sich Richtung Ausgang.

„Buona Sera! Was kann ich für die beiden hübschen Signorinas tun?" fragte sie jetzt uns.

„Hallo! Ich heiße Zimmermann! Wir haben zwei Einzelzimmer reserviert!" sagte ich aufgeregt

„Ah, Frau Zimmermann und Frau Mahler! Wie schön, dass sie bei uns ihren Urlaub verbringen! Mein Name ist Valeria Benotti. Ich bin die Managerin der Villa Mare! Herzlich willkommen!"

Valeria Benotti verließ die Rezeption und kam nach vorne zu uns. Sie schüttelte uns herzlich die Hand und fragte nach unserem Gepäck.

„Die Koffer sind noch im Auto. Wir wollten uns erstmal anmelden!" sagten Svenja und ich fast gleichzeitig.

„Un momento, per favore!" sagte die Managerin und rief nach einem Franco.

Kurze Zeit danach erschien ein kräftiger kleiner Mann der lächelnd hinter uns zum Parkplatz her lief.

Er schnappte sich unsere Koffer und trug sie in die Pension. Valeria Benotti drückte ihm die

Zimmerschlüssel in die Hand, damit er das Gepäck nach oben bringen konnte.

„Trinken Sie einen Begrüßungsdrink mit mir?" fragte sie. Dann ging sie voran in den Speisesaal, der jetzt noch leer war.

„Das Abendessen gibt es zwischen achtzehn und einundzwanzig Uhr. Dann haben Sie noch etwas Zeit, sich frisch zu machen. Ihr Tisch ist der mit der Zimmernummer sieben und acht!" Sie zeigte auf ein kleines Schild, das auf einem Tisch am Fenster stand.

Von hier aus konnte man in den kleinen Garten schauen.

Valeria Benotti reichte uns ein Glas kühlen, frisch gepressten Orangensaft.

„Salute und einen schönen Aufenthalt. Wenn Sie etwas brauchen sagen Sie einfach Bescheid!"

Sie winkte uns noch einmal zu und ging dann zurück an die Rezeption.

„Das ist richtig schön hier! Und diese Valeria ist total nett!" Svenja grinste zufrieden.

„Das hast Du super ausgesucht!" Ich gab Svenja einen Kuss auf die Wange.

Wir tranken unseren Saft und suchten dann unsere Zimmer. Sie befanden sich im ersten Stock.

„Ich nehme die Nummer Sieben!" sagte Svenja. „Das ist meine Glückszahl!"

„Von mir aus. Ich brauche jetzt erstmal eine Dusche!" antwortete ich und öffnete vorsichtig meine Zimmertür.

Es war ein heller Raum mit einem schönen großen Bett. An der Wand stand ein geräumiger Schrank und in der Ecke ein kleiner Schreibtisch. An den Wänden hingen schöne Bilder vom Meer und Sonnenuntergängen. Das Badezimmer war klein, aber sauber und ich hatte sogar einen Balkon. Leider gab es nur die Aussicht auf den Parkplatz. Aber so hatte ich immer ein Auge auf Emil.

Es klopfte und Svenja schaute in mein Zimmer.

„Das ist auch ein schöner Raum. Mein Zimmer ist fast identisch. Ich bin zufrieden!" sagte sie. „Ich geh jetzt duschen und dann hole ich Dich ab. Ich habe schon wieder Hunger."

„Ich mache mich jetzt auch erstmal frisch und packe den Koffer aus. Bis gleich Svenja Nimmersatt!"

Svenja streckte mir die Zunge heraus und schloss die Tür hinter sich.

Ich warf mich aufs Bett und seufzte. Jetzt konnte der Urlaub beginnen.

Nachdem ich geduscht und die Kleidung aus dem Koffer in den Schrank geräumt hatte, bekam ich auch Hunger. Deshalb war ich froh, das Svenja kurze Zeit später an der Tür klopfte. Sie hatte ein wunderschönes Sommerkleid an und strahlte wie die Sonne über dem Mittelmeer.

„Du siehst toll aus!" sagte ich. „Ich glaube ich tausche die Shorts auch gegen ein Kleid. Was soll ich denn anziehen?" fragte ich.

Svenja war schon am Schrank und zog ein Kleid mit kleinen Spitzenträgern heraus.

„Das ist sexy und steht Dir super!" sagte sie.

Als ich mich umgezogen hatte, pfiff sie anerkennend. „Sag ich doch! Sexy! Jetzt aber hopp! Ich habe Hunger und bin gespannt was hier sonst noch für Gäste wohnen."

Als wir in den Speisesaal kamen, reckten einige Gäste die Hälse. Ich kam mir jetzt etwas zu schick vor. Aber Svenja ging selbstbewusst schnurstracks zu unserem Tisch.

Es kam eine Kellnerin an unseren Tisch und fragte was wir trinken wollten. Wir entschieden uns zur Feier des Tages für eine Flasche Weißwein. Die Kellnerin verschwand in einem Nebenraum und erschien kurze Zeit danach mit einem Sektkühler, in dem sich unser Wein befand. Zusätzlich stellte sie noch eine Flasche Wasser und einen kleinen Korb mit Brot auf den Tisch.

Auf dem Tisch lag die Speisekarte. Es gab ein Drei Gang Menü. Man konnte aus zwei

Varianten wählen. Ich entschied mich für den Fisch und Svenja für die Involtini, eine Art Roulade.

Als Vorspeise wurden Ravioli aufgetragen. Allein davon hätte ich mich schon satt essen könne. Die Speisen waren ausgezeichnet. Das Eis zum Dessert konnte ich nicht mehr essen, sonst wäre ich geplatzt. Meine Portion landete dann auch noch in Svenjas Magen. Diese Frau konnte wirklich essen wie ein polnischer Bauarbeiter.

„Jetzt muss ich mich aber noch etwas bewegen!" sagte Svenja zufrieden. „Was hältst Du davon, wenn wir etwas die Gegend erkunden, Bella?"

„Das ist eine gute Idee! Ich habe von meinem Fenster aus gesehen, dass die Strandpromenade gar nicht weit entfernt liegt!" antwortete ich.

Nachdem wir unseren Wein getrunken hatten, liefen wir durch die Lobby zum Ausgang. Ein paar andere Gäste des Hotels liefen in die Richtung, in der ich die Promenade und die

Innenstadt vermutete. Wir folgten ihnen langsam.

Nach nur wenigen Minuten erreichten wir eine breite Straße, die jetzt am Abend eine Fußgängerzone war. Hier flanierten viele Touristen und auch Einheimische an den Geschäften und Restaurants vorbei.

Viele Gaststätten hatten jetzt Tische und Stühle bis auf die Straße gestellt, um noch mehr Gäste beherbergen zu können.

„Was ist denn hier los? So viele Menschen hätte ich gar nicht erwartet. Bei uns im Hotel hört man davon nichts!" Ich war fasziniert von dem Gewimmel und der Geräuschkulisse. Aus jedem Restaurant erklang Musik und Stimmengewirr.

„Das ist ja wie auf dem Laufsteg!" Svenja schaute begeistert einer Gruppe junger Frauen nach, die sich extrem gestylt hatten.

„Gut, dass ich Dich zu dem Kleid überredet habe. Jetzt können wir mithalten!" Svenja lachte.

Wir ließen uns von der Menschenmenge treiben. Es war immer noch sehr warm und ich kam ins Schwitzen. Ich versuchte meine langen Haare zu einem Knoten zu drehen. In meiner Handtasche suchte ich nach einem Haargummi. Ich hatte immer welche dabei, denn in meinem Beruf musste ich die Haare immer zusammen binden.

Als ich gerade zu Svenja, die an einem Schaufenster stand, hinüber gehen wollte, sprach mich ein junger Mann an.

„Ciao Bella! Come stai?" fragte er.

Ich schaute ratlos, weil ich nicht verstand, was er von mir wollte.

„English? Francais? Deutsch?" fragte er jetzt und lachte.

„Deutsch!" sagte ich.

„Wie geht es Dich?" fragte er und schaute mir dabei tief in die Augen.

Ich wurde nervös. Der junge Mann war etwas kleiner als ich und hatte Augen so schwarz wie

Kohle. Er kam immer näher, als Svenja ihn plötzlich zur Seite schob.

„Geh weiter! Avanti!" sagte sie laut und schlug meinen vermeintlichen Verehrer damit in die Flucht.

„Man kann Dich aber auch keine Minute aus den Augen lassen!" Svenja hakte sich bei mir ein und zog mich weiter.

„Wenn jemand so aufdringlich ist, dann lass ihn einfach stehen! Das ist das Beste!" sagte sie. „Schau auch mal nach Deiner Handtasche. Hier gibt es viele Taschendiebe. Das stand in meinem Reiseführer!"

Schnell schaute ich in meine Tasche, es war aber noch alles da. Ich atmete auf.

An der nächsten Straßenecke bogen wir ab und erreichten bald die Strandpromenade. Hier war es etwas ruhiger und kühler, weil vom Meer ein leichter Wind herüberwehte.

Wir liefen eine Weile schweigend nebeneinander her. Jede hing ihren Gedanken nach und genoss die Aussicht auf das Meer. Am Ende der Promenade gab es eine kleine Mole. Hier ging ein Weg auf einer Mauer hinaus bis zum Meer. Früher gab es hier wohl einen kleinen Leuchtturm, der jetzt in ein Restaurant umgebaut worden war.

„Lass uns hier noch etwas trinken!" forderte ich Svenja auf. Mir taten in meinen hochhackigen Sandaletten mittlerweile die Füße weh.

Ein junges Pärchen stand gerade von einem Tisch auf. Wir setzten uns schnell, weil sonst alle anderen Tische besetzt waren.

„Glück gehabt!" sagte ich erleichtert.

Beim Kellner bestellten wir einen Cocktail und ließen die Seele baumeln.

„Auf einen schönen, unvergesslichen Urlaub!" sagte Svenja.

Von unserem Platz aus konnten wir den Sonnenuntergang beobachten. Mich überkam eine wohlige Ruhe und ich konnte endlich abschalten.

Langsam kamen immer mehr Menschen zum Strand. Manche hatten Decken oder Handtücher dabei und ließen sich auf dem Sand nieder. Es entstand eine schöne Atmosphäre.

Ich schaute zu Svenja hinüber. Sie lächelte müde.

„Gleich ist die Sonne untergegangen! Sollen wir zurück zum Hotel gehen? Ich bin auf einmal total müde!" sagte sie und gähnte.

„Ich bezahle und dann gehen wir!" Ich winkte dem Kellner.

Als wir im Hotel ankamen, konnten wir beide kaum noch die Augen offen halten. Ich verabschiedete mich auf dem Flur von Svenja und freute mich auf das Bett. Es war ein langer Tag.

Am nächsten Morgen schlief ich lange. Nachdem ich geduscht hatte, klopfte ich an Svenjas Zimmertür. Sie öffnete nach einer Weile verschlafen. „Ich bin gerade erst aufgestanden. Hast Du auch so gut geschlafen?" wollte sie wissen.

Ich nickte. „Ich habe gestern nur noch kurz eine Nachricht, dass wir gut angekommen sind, an meine Eltern geschickt. Dann habe ich geschlafen wie ein Baby!" sagte ich lachend.

„Ich dusche schnell und dann schauen wir mal, ob wir noch ein Frühstück bekommen!" antwortete Svenja. Dann verschwand sie im Badezimmer.

Als wir in den Speisesaal kamen, saß nur noch eine ältere Dame an einem der anderen Tische.

Die Kellnerin vom Vorabend brachte uns doch noch Kaffee und Saft, obwohl wir etwas zu spät waren. Das Frühstücksbuffet war ziemlich geplündert, aber für uns reichte es noch. Nachdem wir gegessen hatten, gab ich der freundlichen Kellnerin ein Trinkgeld, das anscheinend angemessen war. Sie strahlte und brachte uns noch einen weiteren Kaffee.

„Sollen wir heute mal an der Strand gehen? Ich habe Lust mich in die Wellen zu schmeißen!" fragte ich. „Auf jeden Fall!" antwortete Svenja.

„Ich muss doch meinen neuen Bikini mal tragen. Er ist sehr sexy!"

„Warum wundert mich das nicht!" Ich grinste, weil ich mir Svenja auch nicht in einem altmodischen Badeanzug vorstellen konnte.

Der Strand war um diese Zeit schon voller Menschen. Es war kaum eine freie Stelle zu finden. Wir mussten eine ganze Weile durch den heißen Sand laufen, bis wir einen Platz für uns gefunden hatten.

Wir legten unsere Handtücher nebeneinander. Dann gingen wir direkt zum Meer. Das Wasser war warm und es gab heute kaum Wellen. Kinder quietschten und bespritzten sich gegenseitig mit Wasser. Andere buddelten mit Hingabe im Sand. Svenja und ich schwammen eine ganze Weile, bis wir die meisten anderen Badegäste hinter uns gelassen hatten. Jetzt war es etwas ruhiger und das Wasser kühler.

„Wie schön! Endlich mal wieder Sonne und Wasser. Ich hatte den Urlaub auch wirklich nötig!" sagte ich.

„Es ist wirklich schön hier. Und das Wetter passt auch. Ich bin froh, dass ich Dich überzeugen konnte!" Svenja nickte zufrieden.

Wir blieben eine ganze Weile im Wasser. Als uns langsam kalt wurde schwammen wir zurück und legten uns in die Sonne.

„Wenn wir getrocknet sind, dann müssen wir uns unbedingt eincremen. Ich habe keine Lust auf Sonnenbrand am ersten Tag!" Ich griff in meine Strandtasche und zog die Sonnencreme heraus.

Es war sehr entspannend in der Sonne zu liegen. Fast wäre ich wieder eingeschlafen. Ich schrak zusammen, als plötzlich neben uns ein Ehepaar anfing zu streiten.

Svenja drehte sich auf dem Handtuch zu mir um. Sie grinste und flüsterte: „Jetzt kriegt der arme Kerl Stress mit seiner Frau. Sie hat gemerkt, dass er ständig zu uns hinüber geschaut hat. Jetzt ist sie eifersüchtig und macht ihm die Hölle heiß!"

Ich schaute zu dem Ehepaar hinüber. Die Frau warf mir einen bösen Blick zu. Dann redete sie wieder auf den Mann ein. Der machte ein unglückliches Gesicht und schaute nur noch auf den Boden.

„Manche Frauen sind selber schuld, wenn die Männer sich anderweitig umschauen. Der hat bestimmt Zuhause nichts zu lachen!" Svenja schüttelte den Kopf.

„Komm, wir gehen Eis essen!" sagte ich und zog Svenja hoch.

Wir liefen durch den Sand bis zu einem Kiosk, vor dem sich eine lange Schlange gebildet hatte. Hier gab es kalte Getränke und Eis.

Wir mussten eine ganze Weile warten bis wir endlich an der Reihe waren. Mit einer großen Eiswaffel in der Hand schlenderten wir dann wieder zurück zu unseren Handtüchern.

Das streitende Ehepaar war in der Zwischenzeit gegangen. Auch andere Touristen packten ihre Sachen.

„Die gehen bestimmt zum Mittagessen in ihre Hotels!" sagte Svenja schmatzend.

„Ich bin froh, dass wir nur Halbpension haben. So können wir tagsüber auch mal was unternehmen. Sollen wir morgen ein bisschen rumfahren?" fragte ich.

„Können wir gern machen. Ich schaue mal in meinen Reiseführer, was hier in der Nähe sehenswert ist." Svenja steckte sich den Rest der Eiswaffel in den Mund und kaute genüsslich. Dann streckte sie sich auf dem Handtuch aus und war nach kurzer Zeit eingeschlafen.

Ich musste lächeln. Svenja und ich waren schon lange befreundet. Als Kinder waren wir im gleichen Turnverein. Als mich eines Tages ein größerer Junge ärgerte und schubste, half mir Svenja den frechen Kerl zu vertreiben. Seit dem Tag an waren wir unzertrennlich. Svenja passte auch heute noch auf mich auf. Ich war immer schon etwas schüchtern. Deshalb war ich froh, eine Freundin zu haben, die auf die Leute zuging und mich zu Dingen überredete, zu denen ich mich allein nicht traute.

Auch der Urlaub in Italien gehörte dazu. Jetzt war ich froh, dass wir die Reise gemacht hatten.

Ich streckte mich auch auf dem Handtuch aus und schaute in den Himmel. Ich schloss die Augen und musste plötzlich an Luca denken. Schade, dass er so schnell wieder verschwunden war. Bei dem Gedanken an ihn musste ich lächeln.

„Warum grinst Du denn wie eine zufriedene Katze?" fragte mich Svenja, die gerade wieder aufgewacht war.

„Geht Dich gar nichts an!" sagte ich und musste noch mehr lachen.

„Komm wir gehen nochmal ins Wasser!" Ich sprang auf und lief voran. Svenja kam hinterher, nicht ohne sich umzuschauen, ob auch jeder ihren Anblick würdigte. Ein paar junge Männer pfiffen, als sie an ihnen vorbeischlenderte. Sie warf ihnen einen flüchtigen Blick zu und tat so, als ob sie das alles nicht interessierte.

Ich schmunzelte, denn ich kannte das nicht anders. Aber dafür bewunderte ich sie auch. Sie war sich ihres guten Aussehens bewusst und hatte ein grenzenloses Selbstbewusstsein.

Mir wurde auch oft gesagt, dass ich sehr hübsch sei und eine tolle Figur hatte. Trotzdem blieb ich lieber im Hintergrund und ließ Svenja den Vortritt.

Am späten Nachmittag packten wir unsere Sachen zusammen und gingen zurück in unser Hotel.

Valeria Benotti begrüßte uns und gab uns unsere Zimmerschlüssel.

„Waren Sie heute am Strand? Gefällt es Ihnen hier?" fragte sie freundlich.

„Es ist alles bestens!" sagte Svenja.

Valeria Benotti lächelte zufrieden und widmete sich den nächsten Gästen, die an die Rezeption gekommen waren.

„Die ist ja bildhübsch!" sagte Svenja.

Ich nickte. „Das stimmt. Sie erinnert mich an eine Schauspielerin", antwortete ich.

„Sie sieht aus wie die junge Sophia Loren!" sagte Svenja. „Genau! Mir fiel der Name nicht ein!"

„Und Du siehst aus wir die junge Brigitte Bardot mit Deinem Schmollmund und den blauen Kulleraugen!" sagte Svenja zu mir. „Kein Wunder, dass sich die Männer nach Dir den Hals verdrehen."

„Jetzt übertreib mal nicht!" antwortete ich.

Svenja rollte mit den Augen.

„Ich mache jetzt noch einen kleinen Schönheitsschlaf, dann klopfe ich wieder bei Dir!" sagte sie.

Ich ging in mein Zimmer und legte mich aufs Bett. Ich versuchte in einem Buch zu lesen, das ich mir extra für den Urlaub gekauft hatte. Aber schon nach ein paar Seiten legte ich es wieder weg. Meine Gedanken schweiften wieder zu der Situation auf der Autobahn und zu Luca. Warum ging er mir denn nicht aus dem Kopf? Ich musste an seine wunderschönen braunen Augen und sein unwiderstehliches Lächeln denken.

Da es mit dem Lesen nicht klappte, stand ich wieder auf und ging auf den Balkon. Emil stand in der Sonne.

„Morgen darfst Du wieder fahren!" sagte ich und freute mich schon auf den Ausflug.

Beim Abendessen war Svenja etwas kleinlaut.

„Was ist los mit Dir?" fragte ich.

„Ich habe doch einen Sonnenbrand auf den Schultern. Es brennt wie die Hölle. Schau mal!"

Svenja zog den Ärmel etwas hinunter und ich konnte die krebsroten Schultern sehen.

„Oje! Ich habe eine Salbe dabei. Ich creme Dich später ein. Dann ist es ja gut, wenn wir morgen mal mit dem sonnen aussetzen!"

Svenja nickte und schaufelte die Gnocchi, die es heute zur Vorspeise gab, in sich hinein. Der Appetit war ihr jedenfalls nicht vergangen.

Wir machten nach dem Abendessen noch einen kleinen Spaziergang und gingen dann auf unsere Zimmer. Vorher cremte ich Svenja noch ein, damit sie ohne Schmerzen schlafen konnte. Sie jammerte leise und hatte allen Grund dazu. Anscheinend war sie doch empfindlicher als ich, denn ihre Schultern waren extrem gerötet und ganz heiß.

„Du Arme! Die Salbe hilft aber schnell und morgen sollte es Dir besser gehen! Gute Nacht Du Sonnenanbeterin!" sagte ich.

„Mach Dich nicht lustig! Ich leide!" sagte Svenja, aber sie lachte dabei. „Gute Nacht Bella, schlaf schön!"

Am nächsten Morgen war ich schon früh wach. Ich wollte Svenja ausschlafen lassen und entschloss mich einen Strandspaziergang zu machen, bevor die anderen Touristen kamen.

So früh am Morgen war es noch angenehm kühl und ich war fast allein am Strand. Ich genoss es mit den Füßen durch das Wasser zu laufen und fühlte die langsam wärmende Sonne im Gesicht. Eine Frau kam mir joggend entgegen und lächelte mir zu.

Ich lief bis zur Mole und setzte mich dort auf die Steinmauer. Ein leichter Wind wehte durch meine Haare und ich fühlte mich großartig. Ich hatte meinen Geldbeutel in die Tasche meiner Shorts gesteckt und entschied mich in einer kleinen Bar am Strand einen Kaffee zu trinken.

Dort legte ein Kellner gerade Sitzkissen auf die Stühle. Er wischte über die Tische und nickte kurz, als ich ihm andeutete, das ich mich setzten wollte.

Ich bestellte einen Cappuccino, schloss meine Augen und hielt mein Gesicht in die Sonne.

Als ich die Augen wieder öffnete, stand schon der Cappuccino neben mir auf dem Tisch und duftete herrlich.

Ich blinzelte gegen die Sonne und sah einen jungen Mann am Strand stehen. Kurz dachte ich es sei Luca. Dann musste ich mir eingestehen, dass ich es mir wohl eher gewünscht hatte. Der junge Mann hob etwas auf und steckte es in die Hosentasche. Wahrscheinlich sammelte er Muscheln. Dann schlenderte er weiter.

Nachdem ich meinen Cappuccino ausgetrunken hatte, ging ich langsam wieder zurück zum

Hotel. Ich lauschte an Svenjas Zimmertür, konnte aber nichts hören. Ich schaute auf die Uhr. Es war kurz nach neun. Ich klopfte vorsichtig.

„Hallo Svenja, bist Du wach?" fragte ich leise.

„Schon eine Weile, wo warst Du denn?" hörte ich plötzlich ihre Stimme hinter mir. „Ich habe Dich im Speisesaal gesucht!" sagte sie vorwurfsvoll.

„Ich war schon so früh wach, dass ich einen Strandspaziergang gemacht habe!" antwortete ich. „Komm lass uns frühstücken!"

Bei dem Gedanken an das große Frühstücksbuffet huschte ein Lächeln über Svenjas Gesicht.

„Was macht denn der Sonnenbrand?" wollte ich wissen.

„Schon viel besser! Die Salbe ist klasse!" Svenja nickte zufrieden. „Ich habe gestern Abend noch im Reiseführer gelesen und eine schöne Tour herausgesucht."

„Na dann lass uns mal frühstücken, damit wir starten können!"

Nach dem Frühstück holten wir noch unsere Sachen aus dem Zimmer. Ich startete Emils Motor und wir fuhren hinaus aus der Stadt.

Schon nach kurzer Zeit veränderte sich die Landschaft. Es wurde grüner und hügelig. Durch die geöffneten Fenster strömte die würzige Luft ins Auto. Es roch nach Rosmarin und Pinienholz.

„Wohin fahren wir denn eigentlich?" wollte ich wissen.

„Lass Dich einfach überraschen. Wir bleiben auf jeden Fall auf dieser Straße!" antwortete Svenja.

Wir fuhren langsam weiter in das Landesinnere. Die Straße führte in eine wunderschöne Gegend, immer höher hinaus.

„Wir sind gleich da!" sagte Svenja plötzlich. „Es ist nicht mehr weit bis San Marino."

„San Marino? Was ist das?" wollte ich wissen. „Es ist ein kleiner Zwergstaat, der nicht zu Italien gehört. Eine kleine Republik und früher ein

Steuerparadies. Hier kann man bestimmt auch heute noch gut shoppen!" Svenja konnte man die Vorfreude auf eine Einkaufstour deutlich ansehen.

Auf einem großen Parkplatz am Fuße des Berges, auf dem San Marino lag, stellten wir Emil ab und gingen von dort aus weiter durch verwinkelte, schattige Gassen. Zum Teil war der Weg sehr steil und wir kamen ins Schwitzen.

Irgendwann hatten wir eine imposante Burganlage erreicht. Hier befand sich der historische Stadtkern. Ich war begeistert. Von hier oben hatte man eine phantastische Aussicht in das Umland.

„Schau mal Bella, man kann an der Burgmauer entlang laufen!" sagte Svenja und zog mich weiter. Wir erreichten nach einer Weile die Altstadt. Hier setzten wir uns in ein Straßencafé und bestellten uns etwas zu trinken. Wir saßen im Schatten und beobachteten die vorbeischlendernden Leute. Svenja rutschte irgendwann unruhig auf dem Stuhl hin und her.

„Sollen wir mal schauen, ob wir hier shoppen können?" fragte sie.

Ich musste lachen, weil ich schon insgeheim geahnt hatte, dass diese Frage bald kam.

Wir bezahlten und liefen in Richtung der Einkaufsmeile. Hier gab es in der Hauptsache Andenkenläden oder Restaurants. Svenja schaute schon enttäuscht, als sie eine Boutique entdeckte. Sie ließ mich stehen und ging schnurstracks in den Laden. Ich folgte ihr langsam. Im Inneren war es schön kühl. Die Klimaanlage lief auf Hochtouren. Svenja war schon damit beschäftigt, Kleider an einem Ständer zu inspizieren. Dann zog sie ein wunderschönes buntes Kleid hervor und hielt es mir vor die Nase.

„Das wäre doch was für Dich! Es ist genau das Richtige für den Sommer. Und es passt super zu Deinen blonden Haaren!" rief sie begeistert.

Dann schaute sie mich an und sagte plötzlich: „Wo ist denn Deine Halskette? Hast Du sie heute nicht angezogen?"

Ich griff an meinen Hals und erschrak. Die wunderschöne Kette, die ich von meiner Oma zur Einschulung bekommen hatte, war weg.

„Oh nein!" sagte ich entsetzt. „Ich habe meinen Glücksbringer verloren!"

„So ein Mist!" sagte Svenja. „Ich kenne Dich nur mit dieser Kette! Vielleicht hast Du sie im Hotel verloren. Wir schauen nachher direkt nach und fragen, ob sie eventuell dort abgegeben wurde!"

Ich schaute unglücklich, aber das war noch meine einzige Hoffnung. Ich nickte, hatte aber überhaupt keine Lust mehr zu shoppen.

„Probiere das Kleid doch wenigstens mal an!" bat mich Svenja.

Ich tat ihr den Gefallen. Als ich aus der Umkleidekabine kam, schaute Svenja begeistert.

„Ich hab es gewusst! Das Kleid ist wie für Dich gemacht!" sagte sie stolz.

Auch die Verkäuferin schaute begeistert. Ich stellte mich vor den Spiegel und musste zugeben, dass mir das Kleid wirklich super stand.

Svenja erstand ein schwarzes Minikleid und wir verließen zufrieden den Laden.

Nach einem Mittagsessen in der Altstadt fuhren wir wieder zurück zu unserem Hotel. Gleich an der Rezeption fragte ich, ob meine Kette irgendwo gefunden worden war. Leider war das nicht der Fall. In meinem Zimmer suchte ich alles ab, aber auch dort war sie nicht. Enttäuscht ging ich hinüber zu Svenja.

„Sie kommt irgendwann wieder zurück zu Dir!" sagte Svenja und nahm mich in den Arm. Sie wusste wie sehr ich an der Kette hing, besonders seit meine Oma vor zwei Jahren gestorben war.

„Komm wir gehen in den Pool. Wir schwimmen noch eine Runde und legen uns in die Sonne! Das lenkt ab!" sagte Svenja.

Ich holte meine Badesachen und wir gingen durch den Garten zu dem kleinen hoteleigenen Pool. Hier waren ein paar Liegen aufgestellt.

Wir zogen uns zwei Liegen unter einen Sonnenschirm und stellten unsere Taschen daneben. Ein paar Meter entfernt lag ein junger Mann in der Sonne und lächelte uns zu.

Wir stiegen in den Pool und schwammen ein paar Runden. Plötzlich war der junge Mann neben uns.

„Seit ihr auch aus Deutschland?" wollte er von mir wissen.

Ich nickte.

„Das habe ich mir gedacht. Ich habe euch gestern an der Rezeption gehört. Ich heiße Simon!" sagte er.

Wir nannten unsere Namen. Svenja fragte Simon: „Wo kommst Du her?"

„Ich komme aus Frankfurt am Main!" antwortete er.

„Dann sind wir ja alle aus Hessen. Wir leben in Wiesbaden!" sagte ich.

„Bist Du allein hier?" fragte Svenja neugierig.

Simon nickte.

„Ich habe mich vor kurzem von meiner Freundin getrennt. Eigentlich wollten wir hier gemeinsam Urlaub machen!"

Svenja schaute mich zufrieden an. Ich wusste gleich, was ihr durch den Kopf ging. Ich merkte auch, dass Simon ihr gefiel.

Ich ließ die Beiden am Beckenrand stehen und schwamm ein paar Bahnen. Aus dem Augenwinkel sah ich, dass die Beiden kurze Zeit später aus dem Becken kletterten und dann ging alles ganz schnell.

Ich sah wie Svenja mit ihren nassen Füßen auf den Fliesen ausrutschte und der Länge nach auf den Boden fiel. Sie schrie laut vor Schmerzen.

Ich schwamm schnell zu der Leiter im Becken und lief dann zu ihr. Simon kümmerte sich schon um Svenja.

„Alles okay? Bist Du ausgerutscht?" fragte ich.

Svenja nickte. Ich sah, dass sie Tränen in den Augen hatte. Anscheinend hatte sie starke Schmerzen.

Simon kniete vor Svenja und tastete gerade ihren rechten Fuß ab, der in kurzer Zeit angeschwollen war.

„Es scheint nichts gebrochen zu sein!" sagte er.

„Woher willst Du das denn wissen?" fragte ich ängstlich.

„Ich bin Arzt!" antwortete Simon. „Es sieht nach einer starken Prellung aus. Vorsichtshalber sollte Svenja es aber röntgen lassen!"

Wir halfen ihr vorsichtig auf und brachten sie zu ihrer Liege. In der Zwischenzeit hatte uns ein Kellner eine Schüssel mit Eis gebracht. Simon wickelte die Eiswürfel in ein Handtuch und legte es auf Svenjas Knöchel.

„Wie schaffst Du das bloß immer, dass sich die Männer vor Dir auf die Knie werfen!" versuchte ich sie aufzuheitern.

Svenja lachte schief, aber es schien ihr schon etwas besser zu gehen.

„Ich hole mal ein Schmerzmittel. Ich habe etwas in meinem Zimmer!" sagte Simon.

„Er ist Arzt!" flüsterte Svenja begeistert. „Wie findest Du ihn?"

Ich schüttelte den Kopf.

„Svenja, Du bist ein verrücktes Huhn. Wie ich ihn finde ist doch jetzt Nebensache. Ich hoffe nur, Du hast Dir nicht den Knöchel gebrochen!"

Weil Simon schon wieder zurückkam, wurde unser Gespräch unterbrochen.

Er gab Svenja eine Tablette und ein Glas Wasser. Dann setzte er sich neben sie auf die Liege und erneuerte den Wickel.

Svenja schaute ihm dabei tief in die Augen. Irgendwie hatte ich plötzlich das Gefühl, das ich störte.

„Jetzt warten wir mal ab bis morgen. Wenn die Schwellung bis dahin nicht deutlich abgeklungen ist, dann bringe ich Dich in ein Krankenhaus. Dann musst Du es röntgen lassen!" sagte Simon. Svenja nickte ergeben.

„Komm, ich bringe Dich auf Dein Zimmer. Dann legst Du Dich etwas hin und wartest bis die

Schmerztablette wirkt!" Ich streichelte Svenja leicht über den Arm.

Simon half Svenja aufzustehen und begleitete uns noch bis von unsere Zimmer. Ich habe Zimmer zwanzig im zweiten Stock. Wenn etwas sein sollte, dann sagt mir einfach Bescheid!"

„Danke Simon!" hauchte Svenja und humpelte dann in ihr Zimmer. Man sah ihr an, dass der Fuß doch mehr wehtat, als sie zugeben wollte.

Am Abend konnte Svenja nicht mit in den Speisesaal gehen. Wir bestellten uns etwas zu essen auf ihr Zimmer. Dann wollte Svenja schlafen und ich ging in mein Zimmer hinüber.

Ich machte mir große Sorgen. Wenn Svenjas Fuß gebrochen war, dann war der Urlaub gelaufen. Ich wollte sie dann nicht allein im Hotel lassen. Ich war zu aufgeregt und konnte nicht schlafen. Darum entschloss ich mich noch einmal zum Strand zu gehen.

Das Wetter hatte sich etwas verschlechtert. Es war ziemlich windig. Es tat aber gut, sich den Wind um die Nase wehen zu lassen. Ich lief diesmal eine ganze Weile in die andere Richtung am Strand und stand auf einmal in einer kleinen Bucht, die man dort gar nicht vermutete. Hier waren nur wenige Menschen. Ich setzte mich in den Sand und schaute in die untergehende Sonne.

„Ist es nicht wunderschön hier?" hörte ich auf einmal eine mir bekannte Stimme. Ich drehte mich um und traute meinen Augen nicht.

Hinter mir stand Luca!!

„Hallo Bella! Was für ein Zufall!" sagte er und setzte sich neben mich in den Sand.

Seine Nähe machte mich unsicher. Ich stammelte: „Was machst Du denn hier?"

Er lächelte und schaute mich mit seinen wunderschönen Augen lange an.

„Ich lebe hier!" antwortete er leise. „Meiner Familie gehört hier ein Hotel!"

Mein Herz klopfte bis zum Hals, als er mir eine Haarsträhne, die mir der Wind ins Gesicht geblasen hatte, zur Seite strich.

„Du bist allein? Wo ist denn Deine Freundin?" fragte er.

Ich erzählte ihm, was mit Svenja passiert war.

„Das tut mir leid. Aber ich bin froh, dass ich Dich hier getroffen habe", antwortete Luca. „Ich wollte Dich auf der Autobahn noch nach deiner Telefonnummer fragen. Ich wusste aber nicht, ob das zu aufdringlich ist."

Ich schaute ihn fragend an.

„Ich dachte, Du bist mehr an Svenja interessiert!" sagte ich erstaunt.

„Wie kommst Du darauf. Als ich Dich gesehen habe, wie Du aus dem Auto gestiegen bist, war ich sprachlos. Du bist wunderschön. Außerdem mag ich Frauen, die etwas zurückhaltend sind!"

Luca rutschte noch näher. Sein Arm berührte meinen und ich bekam eine Gänsehaut. So hatte ich noch nie gefühlt. Ich wollte, dass dieser Moment ewig andauerte.

„Von wo bist Du gekommen, als wir uns auf der Autobahn getroffen haben?" wollte ich wissen.

„Ich war in Deutschland. Wir haben dort auch ein Hotel und ich hatte ein Vorstellungsgespräch mit einem neuen Mitarbeiter. Ich kümmere mich dort um die Angelegenheiten. Ich spreche wesentlich besser Deutsch als mein Vater!"

Ich schaute fragend und Luca sprach gleich weiter.

„Mein Großvater war aus Sizilien und meine Großmutter Deutsche. Meine Mutter hat dann auch einen Italiener geheiratet. Mein Vater kommt hier aus Riccione. Meine Mutter ist leider schon gestorben."

Luca schaute traurig.

„Das tut mir sehr leid!" Ich merkte, dass Luca der Tod seiner Mutter immer noch sehr nahe ging.

„Sie fehlt mir immer noch! Sie hatte Krebs und ist vor einem Jahr gestorben. Mein Vater ist lange noch nicht darüber hinweg!"

Es entstand eine Stille zwischen uns. Plötzlich nahm Luca meine Hand. Er sagte nichts und ich ließ es geschehen. Ich war ihm plötzlich sehr nahe und hatte das Gefühl ihn schon ewig zu kennen.

Wir saßen noch im Sand bis die Sonne endgültig untergegangen war. Ich fröstelte, denn es wurde jetzt schnell kühl.

„Kommst Du morgen wieder hier her?" fragte Luca, als ich mich verabschieden wollte.

Ich nickte.

„Ich werde morgen mal abwarten, was mit Svenja los ist. Aber ich versuche morgen Abend wieder hier her zu kommen. Ist zwanzig Uhr okay?" fragte ich.

Luca nickte und nahm mich in den Arm. Es war ein wunderschönes Gefühl.

„Bis morgen Bella!" flüsterte er.

Als ich wieder im Hotel ankam, hatte ich das Gefühl, das alles nur ein Traum war.

Ich war immer noch aufgeregt, aber auch sehr glücklich.

Ich hörte noch einmal an Svenjas Tür. Es war aber alles ruhig. Also ging ich in mein Zimmer. Ich duschte und versuchte dann auch zu schlafen. Es gelang mir aber lange nicht, denn meine Gedanken waren immer wieder bei Luca. Ich freute mich, dass ich ihn morgen wieder sehen würde und dann schlief ich doch endlich ein.

Am nächsten Morgen erwachte ich mit einem wahnsinnigen Glücksgefühl. Gleich darauf bekam ich ein schlechtes Gewissen, wenn ich an die arme Svenja dachte.

Ich machte mich im Badezimmer zurecht und klopfte dann an Svenjas Tür. Zu meinem Erstaunen öffnete mir Simon. Er lächelte verschämt und ließ mich ins Zimmer.

Svenja saß mit geröteten Wangen im Bett und sah sehr glücklich aus.

„Wie geht es Dir? Hast Du noch Schmerzen?" fragte ich.

„Die Schwellung wird noch ein paar Tage bleiben. Aber es geht mir besser. Ich habe nur noch Schmerzen beim Auftreten", antwortete Svenja.

„Sie wird noch eine Weile Ruhe halten müssen!" sagte Simon. „Das wird ihr sicher schwer fallen!" Wir mussten jetzt alle lachen, denn still zu sitzen war für Svenja schlimmer als Schmerzen zu haben.

„Simon wird mir Gesellschaft leisten. Er hat sich angeboten auf mich aufzupassen!" Svenja warf Simon einen dankbaren und glücklichen Blick zu.

„Dann kannst Du wenigstens etwas unternehmen und musst nicht das Gefühl haben bei mir bleiben zu müssen!"

Irgendwie hatte ich den Eindruck, dass die Beiden mich eher loswerden wollten. Ich musste mir ein Lachen verkneifen. Ich war froh, dass Svenja jetzt nicht traurig allein im Hotel bleiben musste. Simon schien ihr gut zu tun.

Mit unserer Hilfe humpelte Svenja jetzt in den Speisesaal. Nach dem Frühstück brachten wir sie an den Pool. Ich entschloss mich mit Emil einen weiteren Ausflug zu machen. Ich wollte nicht allein am Strand liegen und Svenja war bei Simon gut aufgehoben.

Eine Stunde später fuhr ich mit Emil auf einer Straße, die immer am Meer vorbeiführte in Richtung Süden. Ich hatte das Fenster geöffnet und genoss die Ruhe und den Fahrtwind.

Nach einer Weile fuhr ich durch einen kleinen Ort. Hier gab es einen zentralen Platz mit einem Café. Ich suchte mir einen Parkplatz und setzte mich dort an einen freien Tisch. Der Kellner brachte mir die Speisekarte. Ich entschied mich für einen Salat und ein Glas Wein. Es war schön hier in aller Ruhe zu sitzen und die Leute zu beobachten. Ich musste an Luca denken und wünschte mir, dass er jetzt hier neben mir sitzen würde. Ich stellte mir vor, wie er wieder meine Hand nahm und meine Haare aus dem Gesicht strich. Ich hatte Sehnsucht nach ihm und ich musste mir eingestehen, dass ich mich verliebt hatte.

Ich schaute auf die Uhr. Nur noch ein paar Stunden und wir würden uns wiedersehen. Mein Herz pochte schneller bei dem Gedanken.

Nachdem ich bezahlt hatte, fuhr ich wieder zurück nach Riccione. Ich hatte ein paar Kilometer vor der Stadt eine einsame Bucht entdeckt. Hier hielt ich eine halbe Stunde später im Schatten eines Baumes.

Ich war fast allein hier. Nachdem ich meine Badetasche aus dem Auto geholt hatte, lief ich schnell über den heißen Sand zu einem schattigen Platz. Ich hatte zwar schon etwas Farbe bekommen, cremte mich trotzdem gut ein und legte mich auf mein Handtuch.

Ich dachte an Svenja und hoffte, dass sie sich nicht zu sehr langweilte. Es tat mir sehr leid, dass sie jetzt erstmal im Hotel bleiben musste.

Meine Sorge war aber völlig unbegründet. Als ich wieder im Hotel ankam, saß sie mit Simon am Pool. Die Beiden lachten und tranken Cocktails. Sie waren sehr vertraut miteinander und ich hatte den Eindruck, dass Simon die letzte Nacht bei Svenja im Zimmer verbracht hatte.

Ich ging zu den Beiden an den Pool.

Simon sah mich zuerst und winkte mir zu.

„Hallo Bella, wie war Dein Tag?" fragte Svenja gut gelaunt.

„Sehr schön! Ich bin etwas am Meer entlang gefahren und habe in einem kleinen Ort etwas gegessen", antwortete ich. „Ihr scheint Euch ja auch sehr gut zu verstehen!"

Simon wurde rot und Svenja schaute ertappt. Also hatte ich mit meiner Vermutung, dass zwischen den Beiden schon mehr lief, wahrscheinlich Recht.

„Ich habe übrigens heute Abend auch eine Verabredung!" sagte ich geheimnisvoll.

Svenja bekam große Augen. „Mit wem?" fragte sie neugierig.

Ich lächelte. „Du wirst es nicht glauben, aber ich habe gestern Abend am Strand Luca wieder getroffen."

„Den Luca von der Autobahn?" Svenja wusste gleich Bescheid. Sie erzählte Simon schnell die Geschichte, wie wir uns kennengelernt hatten.

„Das ist ja ein Zufall, dass ihr Euch hier getroffen habt! Die Chance war ja sehr gering. Das ist bestimmt Schicksal!" schwärmte Svenja.

Jetzt wurde ich rot. Deshalb verabschiedete ich mich schnell von Svenja und Simon. Wie verabredeten uns noch für das Abendessen. Dann ging ich auf mein Zimmer. Ich wollte mich noch etwas ausruhen und später für das Treffen mit Luca zurecht machen.

Nachdem ich geduscht hatte rief ich meine Eltern an.

Meine Mutter war schon beim zweiten Klingeln am Apparat.

„Hallo mein Schatz! Wie ist der Urlaub? Erholt ihr Euch?" wollte sie gleich wissen.

Ich erzählte ihr von unseren ersten Urlaubstagen und von Svenjas Missgeschick. „Ach Du liebe Zeit! Hat sie denn immer noch große Schmerzen?"

Meine Mutter mochte Svenja sehr. Sie war für meine Eltern wie eine zweite Tochter.

Ich versuchte sie zu beruhigen und erzählte ihr, dass Svenja bereits einen Privatarzt hatte.

„Das Mädchen hat immer Glück im Unglück. Einen Arzt, der sich gleich um mich kümmert, hätte ich auch gern!" Meine Mutter lachte.

Ich erzählte ihr noch nicht von Luca. Ich wusste ja selber noch nicht, was aus uns werden sollte. Vielleicht war ich ja nur ein Urlaubsflirt für ihn.

Ich unterhielt mich noch eine Weile mit meiner Mutter und bat sie meinen Vater zu grüßen. Er arbeitete bei einer großen Bank in Frankfurt und war abends immer erst spät zu Hause

„Passt auf Euch auf und genießt den Urlaub! Liebe Grüße und gute Besserung an Svenja!" verabschiedete sich meine Mutter.

Dann wurde es auch schon Zeit, dass ich mich für das Abendessen und mein späteres Treffen mit Luca umzog.

Ich entschied mich für das Kleid, welches ich in San Marino gekauft hatte. Vor dem Spiegel musste ich wirklich zugeben, das Svenja einen sehr guten Geschmack hatte. Als Innenarchitektin hatte sie nicht nur ein gutes Auge für Möbel und Dekoration. Auch in Modefragen war sie eine gute Beraterin.

Ich kämmte meine langen Haare zu einem seitlichen Zopf und schminkte mich dezent.

Als ich durch den Speisesaal ging, verfolgten mich bewundernde Blicke.

„Du siehst wunderschön aus!" sagte Svenja, die schon mit Simon an unserem Tisch saß, ehrlich begeistert. „Luca wird Augen machen!"

„Da hat sie Recht!" sagte jetzt auch Simon und an Svenja gewandt: „Ihr seid Beide wirklich eine Augenweide!"

Svenja lächelte ihn verliebt an.

Ich konnte es kaum erwarten, nach dem Essen endlich zum Strand zu gehen um Luca zu treffen. Er stand schon auf der Promenade und lief unruhig hin und her. Als er mich sah, kam er mir entgegen und nahm mich in den Arm.

„Bella, Du machst Deinem Namen wirklich alle Ehre. Du bist wunderschön."

Er schaute mir tief in die Augen und dann küsste er mich sanft. In diesem Moment war ich der glücklichste Mensch auf Erden.

„Komm, ich habe eine Überraschung!" sagte Luca. Er nahm mich am Arm und zog mich über die Promenade in eine Seitenstraße. Hier stand sein Cabrio. Er öffnete mir die Tür und ich stieg ein.

„Wo willst Du hin?" fragte ich.

„Sei nicht so neugierig! Ich habe etwas vorbereitet!" antwortete er.

Luca startete den Motor und fuhr hinaus aus der Stadt.

Er legte seine Hand auf meine und ich entspannte langsam.

„Ich konnte es heute kaum aushalten ohne Dich! Ich musste dauernd an Dich denken!" sagte er. „Es ging mir genauso. Die Zeit verging viel zu langsam!" antwortete ich leise.

Luca lenkte den Wagen jetzt in einen Weg, den ich übersehen hatte. Ich war heute Morgen auch schon hier vorbei gefahren.

In der Ferne hörte ich ein Rauschen. Als wir um die nächste Ecke bogen, konnte ich ihn sehen….den Wasserfall. Es war traumhaft schön hier.

Luca öffnete seine Tür. „Komm Bella! Wir sind da!" sagte er. Dann griff er auf den Rücksitz und nahm einen Picknickkorb heraus.

Er hatte auch eine Decke dabei, die er jetzt in der Nähe des Wasserfalls ausbreitete.

„Setz Dich zu mir!" Luca deutete neben sich auf die Decke. Er nahm eine Flasche Wein und zwei Gläser aus dem Korb. Es war für mich noch ganz unwirklich hier mit Luca zu sitzen. Seine Nähe machte mich noch immer nervös. Als ob Luca meine Gedanken gelesen hätte, sagte er jetzt: „Es ist für mich wie ein Traum, dass wir uns wieder gefunden haben. Geht es Dir auch so?"

Ich nickte. „Glaubst Du an das Schicksal? Svenja meinte heute, das es bei uns so wäre. Erst unsere Begegnung auf der Autobahn und dann hier!"

„Man könnte es wirklich fast glauben. Im Übrigen habe ich noch etwas für Dich!"

Er griff in seine Hosentasche und zog meine Kette, die ich verloren hatte, heraus.

„Wo hast Du die Kette gefunden und woher weißt Du, dass es meine ist?" Ich schaute ungläubig auf das Schmuckstück.

„Ich habe sie am Strand gefunden. Ich habe sie an Dir gesehen. Du hattest sie an, als wir uns auf der Autobahn getroffen haben. Der Glücksklee-Anhänger ist mir direkt aufgefallen!" Luca strahlte.

Also war es doch Luca gewesen, den ich am Strand gesehen hatte. Was er aufgehoben hatte war keine Muschel, sondern meine Kette. So langsam wurde es wirklich unheimlich.

„Dreh Dich um, ich lege sie Dir an!" sagte Luca. „Ich bin so froh, dass ich die Kette wieder habe.

Es war ein Geschenk meiner Oma und mein Glücksbringer."

„Ab jetzt hast Du wieder Glück! Und ich auch!" Luca nahm mein Gesicht in seine Hände und küsste mich zärtlich.

„Glaubst Du an die Liebe auf den ersten Blick?" fragte er.

„Bisher nicht, aber man kann ja seine Meinung ändern!" antwortete ich und lächelte.

Es wurde ein sehr romantischer Abend. Ich lag in Lucas Armen und wäre am liebsten für immer hier geblieben. Erst als es stockdunkel und kühl wurde packten wir die Sachen wieder ein und fuhren zurück.

Am nächsten Morgen erwachte ich mit einem Lächeln. Der Abend mit Luca war wunderschön und ich konnte es kaum abwarten ihn wieder zu sehen. Gestern hatte er zum Abschied gefragt, ob ich morgen Zeit hätte. Heute hatte er einen Termin. Er musste in das Familienhotel in der Nähe von Verona. Er würde erst sehr spät wieder zurück sein.

Ich wollte den heutigen Tag mit Svenja verbringen, die war aber gar nicht da. Als ich aufstand, lag ein Zettel auf meinem Fußboden. Svenja hatte ihn unter der Tür durchgeschoben. Auf dem Zettel stand, dass sie mit Simon einen Ausflug machen wollte. Anscheinend war sie wieder in der Lage wenigstens kurze Strecken zu laufen. Zum Abendessen sei sie wieder zurück.

Ich zuckte die Schultern und entschloss mich den Tag am Pool zu verbringen. Nach dem Frühstück holte ich mein Handtuch und das Buch aus meinem Zimmer und suchte mir eine freie Liege.

Den restlichen Vormittag verbrachte ich damit im Pool zu plantschen und mich zu sonnen. Ich war mittlerweile schon richtig braun geworden. Ich bestellte mir beim Kellner einen Cocktail und genoss die Ruhe.

Ich musste kurz eingeschlafen sein. Als ich müde in die Sonne blinzelte, glaubte ich plötzlich, dass ich Luca gesehen hätte. Er ging gerade durch den Garten in Richtung Rezeption. Ich schüttelte den Kopf. Das musste ein Irrtum sein. Luca war ja heute in Verona. Trotzdem stand ich auf und ging ebenfalls zum Hoteleingang. Als ich an der Rezeption ankam, war dort niemand. Auch Valera Benotti war nicht zu sehen. Ich hörte nur ihre Stimme aus dem Hinterzimmer. Ich hatte mich sicherlich geirrt.

Am Abend klopfte Svenja an meine Zimmertür. Ich hatte mich gerade für das Abendessen umgezogen und freute mich sehr sie wieder zu sehen.

„Wie war Dein Tag mit Simon?" fragte ich.

Svenja strahlte über das ganze Gesicht. Sie setzte sich zu mir auf das Bett und nahm mich in den Arm.

„Du Bella! Ich bin ganz furchtbar verliebt. Simon und ich sind seit heute offiziell zusammen. Wir wollen uns auch in Deutschland auf jeden Fall wiedersehen!"

„Das ist doch wunderbar!" sagte ich und umarmte sie gleich nochmal. „Wir wohnen ja ohnehin nicht weit auseinander!"
Svenja nickte und sah sehr glücklich aus.

„Wie war Dein Treffen mit Luca?" fragte sie dann. „Seht ihr Euch wieder?"

„Es war ein wunderschöner Abend mit ihm!" schwärmte ich und wurde rot.

„Dann hat es ja auch bei Dir gefunkt!" Svenja klatschte begeistert in die Hände. „Italien scheint der richtige Ort für uns zu sein!"

Das Abendessen verlief harmonisch. Simon war wirklich ein netter Mann. Er war ein ruhiger Mensch und eigentlich genau das Gegenteil von Svenja. Aber Gegensätze ziehen sich ja bekanntlich an. Die beiden schauten sich ständig verliebt in die Augen, deshalb ging ich nach dem Essen auf mein Zimmer. Ich wollte nicht stören.

Ich bestellte mir eine Flasche Wein auf mein Zimmer und setzte mich auf den Balkon.

„Prost Emil!" sagte ich und hielt mein Glas in Richtung Parkplatz, wo das Auto allein unter einer Laterne stand.

Es war ein lauer Sommerabend. Man konnte die Grillen zirpen hören und der Mond stand am sternenklaren Himmel. Als ich ins Bett ging, dachte ich noch einmal intensiv an Luca und schlief mit einem Lächeln ein.

In den nächsten Tagen verbrachte ich viel Zeit mit Luca. Wir unternahmen viel und gingen am Abend zusammen essen. Die Mahlzeiten im Hotel ließ ich ausfallen. Svenja war nicht böse darüber, da sie und Simon mich nicht wirklich vermissten.

Die Zeit mit Luca war ein Traum. Wir konnten kaum die Finger voneinander lassen und an einem meiner letzten Urlaubstage verbrachten wir auch die Nacht gemeinsam in meinem Hotelzimmer. Ich war vorher noch nie so glücklich und mochte gar nicht daran denken, dass ich bald wieder zurück nach Deutschland musste.

„Ich komme Dich so oft es geht besuchen. Ich bin ja häufig in Deutschland um nach dem

Rechten in unseren Hotels zu schauen!" sagte Luca, nachdem wir uns geliebt hatten. Er küsste mich zärtlich und ich schmiegte mich an ihn. Ich wollte jede Minute mit ihm genießen.

Ich wusste von Luca, dass seinem Vater mehrere Hotels in Italien und Deutschland gehörten. Dadurch war er oft unterwegs. Er kümmerte sich um den Betrieb und das Personal.

„Ich muss morgen leider nochmal nach Verona. Dort im Hotel gibt es zurzeit Probleme. Der Manager hat gekündigt und ich habe morgen nochmal ein Vorstellungsgespräch mit einem Bewerber." Luca schaute traurig.

„Dann sehen wir uns morgen nicht?" Ich war enttäuscht.

„Ich werde leider dort übernachten müssen. Aber übermorgen bin ich wieder bei Dir!" Luca küsste mich auf die Nasenspitze.

Am Morgen verließ Luca früh das Hotel. Ich ging frühstücken und verbrachte den Tag am Strand. Svenja und Simon blieben am Hotelpool. Am Abend wollten wir noch einmal zusammen im

Hotel essen. Am übernächsten Tag war unser Urlaub dann vorbei.

„Bella, würde es Dir etwas ausmachen, wenn Du allein nach Hause fährst?" fragte mich Svenja beim Abendessen. „Ich würde gern noch zwei Tage bleiben und dann mit Simon zurück fahren." Sie schaute mich fragend an und hatte augenscheinlich ein schlechtes Gewissen.

Ich musste wieder zur Arbeit, deshalb konnte ich den Urlaub nicht verlängern. Allerdings fuhr ich nicht gern allein eine so lange Strecke. Aber ich wollte Svenja auch die Gelegenheit geben, noch eine Weile bei Simon zu bleiben.

„Ich komme auch schon allein zurecht. Bleib Du noch hier bei Simon!" antwortete ich nach einer Weile.

„Danke Bella, Du bist die beste Freundin der Welt!" schmeichelte Svenja. Sie freute sich wirklich und bestellte zur Feier des Tages noch eine Flasche Sekt.

Als diese geleert war, verabschiedete ich mich von den Beiden.

„Gute Nacht! Morgen sehen wir uns nicht. Ich verbringe meinen letzten Tag hier mit Luca!" sagte ich.

„Dann sehen wir uns übermorgen noch zum Frühstück, oder wann fährst Du los?" fragte Svenja.

„Ich werde schon sehr früh aufbrechen. Ich rufe Dich von unterwegs an. Spätestens wenn ich wieder Zuhause bin!" antwortete ich.

Wir umarmten uns und Simon gab mir feierlich die Hand. „Es war schön Dich kennen gelernt zu haben. Gute Fahrt und morgen einen schönen Tag mit Luca!"

Ich nickte den Beiden zu und ging auf mein Zimmer.

Ich konnte nicht einschlafen. Es war wieder ein heißer Tag gewesen und auch jetzt, so spät am Abend, war es immer noch sehr schwül. Ich ging auf den Balkon und setzte mich an den kleinen Tisch.

Ich sah wie Valeria Benotti über den Parkplatz ging. Sie hatte sicherlich endlich Feierabend. Ich schaute ihr nach und sah, wie sie auf einen jungen Mann zuging. Dieser kam ihr entgegen und im Schein der Laterne erkannte ich ihn.

Es war Luca.

Ich wollte ihn schon rufen, da hatte er Valeria Benotti erreicht. Er nahm sie zärtlich in den Arm und küsste sie leidenschaftlich. In diesem Moment wurde mir schlecht und ich rannte ins Badezimmer. Dort übergab ich mich und weinte verzweifelt. Hatte ich mich so in Luca geirrt und er hatte mich nur benutzt? Ich war so verzweifelt, dass ich keinen klaren Gedanken fassen konnte. Ich lief noch einmal auf den Balkon und sah wie Valeria Benotti in Lucas' Cabrio stieg. Dann ging ich zurück in mein Zimmer, warf mich auf mein Bett und schluchzte verzweifelt. Irgendwann schlief ich völlig übermüdet ein.

Als ich wieder erwachte war es früh am Morgen. Was war denn passiert?

Erst langsam erinnerte ich mich an das, was ich gesehen hatte. Ich wollte unbedingt ein klärendes Gespräch mit Valeria Benotti. An der Rezeption war heute aber nur ein junger Mann, der mich gleich freundlich begrüßte.

„Ist Frau Benotti heute nicht da?" wollte ich wissen.

Der junge Mann schüttelte den Kopf und sagte: „Sie hat heute frei. Sie ist mit ihrem Verlobten unterwegs!"

Ich hatte das Gefühl, mich schlägt jemand mitten ins Gesicht. Luca und diese Valeria waren verlobt. Er hatte sich nur einen Flirt und eine schöne Nacht mit mir erlaubt. Ich war wie unter Schock.

„Ich möchte schon heute abreisen!" sagte ich. „Machen Sie mir bitte die Rechnung fertig!" sagte ich zu dem jungen Mann. Dieser schaute erstaunt, nickte dann aber freundlich.

Ich drehte mich auf dem Absatz um und rannte zu meinem Zimmer. Ich holte meinen Koffer und warf einfach alles hinein. Danach ging ich zurück an die Rezeption und zahlte meine Rechnung. Ich konnte diesen Ort nicht schnell genug verlassen. Erst als ich den Koffer und meine Tasche im Kofferraum verstaut hatte und mich auf den Fahrersitz gesetzt hatte, hörten meine Hände auf zu zittern. Ich musste noch eine Weile warten bis ich den Motor starten konnte. Ich weinte fast die ganze Strecke bis nach Hause und musste immer wieder Pausen einlegen. Ich war verzweifelt und froh, als ich endlich in Wiesbaden vor meiner Haustür angekommen war.

Ich erwachte am nächsten Morgen vom Klingeln des Telefons. Es war Svenja.

„Bella, was machst Du denn? Warum bist Du vorzeitig abgereist und sagst mir nicht Bescheid? Ich habe mir solchen Sorgen gemacht!" sagte sie mit zitternder Stimme.

Ich fing gleich wieder an zu weinen und berichtete ihr, was geschehen war.

„So ein Mistkerl! Das hätte ich niemals erwartet. Ich könnte ihn umbringen!" sagte Svenja laut.

„Ich bin noch nie so gedemütigt worden!" antwortete ich. „Lass uns in Ruhe darüber sprechen, wenn Du wieder hier bist!" sagte ich. Dann legte ich auf.

Teil 2

7 Jahre später

„Bella, weißt Du wo mein weißes Hemd mit den blauen Streifen ist?" fragte Tom.

„Ich habe es in Deinen Schrank gehängt. Schau mal unter dem blauen Sakko nach!" sagte ich.

Tom, mein Mann, gab mir einen Kuss und lief die Treppe nach oben. Dort war unser Schlafzimmer. Ich hörte, wie er die Schranktür öffnete und dann rief: „Ich habe es gefunden. Danke Schatz!"

Ein paar Minuten später kam er wieder ins Wohnzimmer.

„Was machst Du heute Schönes?" fragte Tom.

„Ich treffe mich mit Svenja. Wir wollen einen Schulranzen und eine Zuckertüte für Leon kaufen!" sagte ich.

„Kaum zu glauben, dass Dein Patenkind schon in die Schule kommt!" Tom nahm seinen Aktenkoffer und ging zum Flur.

„Tschüss mein Schatz! Bis heute Abend!" sagte er und schloss die Tür hinter sich.

Nachdem Tom gegangen war, räumte ich noch etwas auf, dann war es an der Zeit mich umzuziehen. Ich wollte mich am späten Vormittag mit Svenja in der Stadt treffen. Als ich an unserem Treffpunkt ankam, wartete sie schon.

Seit Svenja verheiratet war und bereits drei Kinder hatte, war sie etwas rundlicher geworden. Sie war aber immer noch sehr attraktiv. Ihre dunklen Locken waren kürzer als früher geschnitten und sie trug jetzt moderne, aber zurückhaltende Kleidung. Sie sagte immer, als Arztfrau müsste sie auf ihr Äußeres achten.

Ein Jahr, nachdem wir in Italien Urlaub gemacht hatten, heiratete sie Simon.

Sie war damals schon mit Leon schwanger. Dann folgten Annika und Jenny.

Tom und ich hatten keine Kinder. Bisher hatte es leider nicht geklappt. Wir hatten uns in meiner Praxis kennengelernt. Ich hatte seit ein paar Jahren eine eigene Praxis für Physiotherapie. Tom war einer meiner Patienten. Er hatte einen Hexenschuss und ich konnte ihm helfen.

Danach ließ er sich aus den verschiedensten Gründen Termine bei mir geben. Irgendwann hatte er mich dann zum Essen eingeladen. Danach sahen wir uns regelmäßig und wurden ein Paar. Vor drei Jahren hatten wir geheiratet.

Tom war Chef eines Autohauses. Er hatte die Firma von seinem Vater übernommen.

„Hallo Bella! Ich freue mich, dass Du mitkommst. Ich bin gespannt, ob wir das Richtige finden. Leon hat genaue Vorstellungen, wie sein Schulranzen aussehen soll. Dinosaurier oder Raketen sollen darauf sein, sonst geht er nicht in die Schule, hat er gesagt. Svenja lachte laut.

„Was meinst Du, was er für Augen macht, wenn wir aus Spaß einen Ranzen mit rosa Elfen kaufen!" sagte ich und grinste.

Svenja hakte sich bei mir ein. Wir gingen gemeinsam in Richtung Innenstadt.

„Wie geht es Simon und den Mädels?" wollte ich wissen.

„Sehr gut. Ich verwöhne Leon und Simon unsere Töchter. So gleicht sich das aus! Und Tom, wie läuft das Geschäft?"

„Wir können nicht klagen. Tom geht es gut und er verwöhnt mich auch sehr. Aber es fehlt uns ein Kind zum perfekten Glück!" sagte ich nachdenklich.

Svenja nickte. „Es wird schon irgendwann klappen. Gebt die Hoffnung nicht auf! Simon und ich sind froh, dass Du so einen tollen Mann hast. Nachdem, was Du damals mit Luca erlebt hast, haben wir uns eine Zeitlang ernsthafte Sorgen um Dich gemacht."

Ich sagte nichts dazu, aber ich wusste was sie meinte. Ich konnte mich damals lange nicht damit abfinden, so betrogen worden zu sein. Ich konnte nicht essen und nicht schlafen und nahm immer mehr ab.

In der Praxis, in der ich damals angestellt war, hatte man wenig Verständnis für mich, weil ich öfter krank war. Irgendwann bekam ich die Kündigung. Ich war dann an einem Tiefpunkt, aus dem mich Svenja und Simon herausgeholt hatten.

Simon kannte einen Psychotherapeuten, der mir sehr geholfen hatte. Als dann ein paar Monate später Praxisräume ganz in meiner Nähe zu vermieten waren, machte ich mich mit der finanziellen Hilfe meiner Eltern selbständig.

„So hier ist das Geschäft, das ich meinte!" sagte Svenja.

Wir ließen uns von einer freundlichen Verkäuferin verschiedene Schulranzen zeigen und entschieden uns dann für einen, auf dem Dinosaurier in allen Formen und Farben abgebildet waren. Dazu passend gab es auch noch eine Zuckertüte. Als Svenja die Preise sah, verdrehte sie die Augen.

„Ich bezahle! Leon ist schließlich mein Patenkind. Ich bin jetzt schon auf seine Augen gespannt, wenn er die Sachen sieht!" sagte ich und holte meine Geldbörse aus der Tasche.

„Dann lade ich Dich zum Essen ein!" Svenjas Stimme duldete keine Widerrede.

Wir gingen in unsere Lieblingspizzeria. Es wurde ein vergnüglicher Tag. Wir lachten viel und ich genoss es sehr, mal wieder mit Svenja allein zu sein. Normalerweise waren sonst immer die Kinder dabei. Heute waren die beiden Mädchen bei Svenjas Eltern und Leon war bei einem Freund.

Als ich wieder zuhause ankam, wurde es Zeit etwas für Tom zu kochen. Ich hatte nach der riesigen Portion in der Pizzeria keinen Hunger.

Ich war gerade fertig, als ich hörte wie Tom die Tür aufschloss.

„Hallo Schatz!" begrüßte er mich, als er in die Küche kam. „Ich habe Dich vermisst!"

„Ich Dich auch! Hast Du Hunger?" fragte ich.

„Was gibt es denn?" Tom schaute mir über die Schulter.

„Ah, Spaghetti mit Pesto. Lecker!"

Ich deckte den Tisch für Tom und setzte mich neben ihn. Er wirkte müde.

„War heute ein stressiger Tag?" fragte ich, als ich den Tisch abräumte.

„Es geht! Ich fühle mich heute, als ob ich krank werde. Ich habe mir bestimmt eine Erkältung eingefangen!" antwortete Tom.

Später kuschelten wir bei einem Glas Wein auf der Couch. Ich erzählte Tom von meinem Treffen mit Svenja.

„Leon wird glücklich sein. Der Schulranzen ist genau das, was er sich gewünscht hat. Er ist schon so aufgeregt und freut sich wie verrückt auf die Schule!" sagte ich.

„Sollen wir auch mal am Nachwuchs arbeiten?" fragte Tom und küsste mich leidenschaftlich.

„Das ist eine wunderbare Idee!" antwortete ich und zog Tom von der Couch. „Komm mit ins Arbeitszimmer!" sagte er lachend und schob mich die Treppe hoch ins Schlafzimmer.

Am nächsten Morgen musste ich schon früh in die Praxis. Da ich am Vortag mit Svenja unterwegs war, musste ich heute ein paar Termine zusätzlich einschieben.

Ich hatte mittlerweile zwei Mitarbeiterinnen, aber einige Patienten wollten nur zu mir.

Ich war die Erste in der Praxis und kochte erstmal Kaffee. In der Zwischenzeit kamen auch Simone und Tanja an. Kurz darauf klingelten schon die ersten Patienten.

Am Mittag hatte ich Zeit ein paar Einkäufe zu machen. Ich brachte die Lebensmittel noch schnell nach Hause. Als ich die Tür öffnete, hörte ich schon das Telefon klingeln. Es war Svenja.

„Bella hast Du morgen Abend Zeit?" wollte sie wissen.

„Ja, bisher habe ich nichts vor!" antwortete ich.

„Das ist super! Simon hat von einer Patientin eine Einladung für eine Vernissage bekommen. Die Frau liegt bei ihm auf der Station und kann nicht hingehen. Simon hat morgen Notdienst, deshalb dachte ich Du könntest vielleicht mitkommen!"

„Kennst Du den Künstler?" fragte ich.

„Nein, aber er soll sehr talentiert sein. Ich habe einen Artikel in der Zeitung gelesen!" antwortete Svenja. Sie arbeitete nicht mehr in ihrem Beruf seit die Kinder auf der Welt waren. Sie war aber weiterhin sehr an Kunst und Design interessiert.

„Okay! Ich bin dabei!" sagte ich. Bei Tom würde es morgen auch später werden. Er hatte noch einen Termin mit einem Kunden.

„Ich hole Dich ab. Um wieviel Uhr soll ich bei Dir sein?" fragte ich.

„Es geht um achtzehn Uhr los, es reicht aber wenn Du so gegen sieben bei mir bist! Bis morgen! Ich freue mich!"

„Ich mich auch!" sagte ich, aber Svenja hatte schon aufgelegt.

Am nächsten Abend zog ich ein enganliegendes schwarzes Kostüm an. Ich wusste nicht, was man zu einer Vernissage trug, aber ich fand es passend. Es war schlicht, aber sexy.

Svenja wartete schon vor der Tür, als ich in die Straße einbog, in der sie vor ein paar Jahren einen wunderschönen Bungalow gekauft hatten. Sie winkte und stieg mit Schwung auf den Beifahrersitz. Auch sie hatte sich schick gemacht. Sie hatte einen pinkfarbenen Hosenanzug an, der perfekt zu ihr passte.

Sie lotste mich in die Innenstadt. Wir hatten Glück und fanden einen Parkplatz ganz in er Nähe der Kunstaustellung.

Es standen ein paar Leute vor der Tür und durch die Scheiben konnten wir sehen, dass sich bereits einige Gäste im Gebäude befanden. Sie standen vor den Gemälden und Skulpturen und machten wichtige Gesichter.

Am Eingang zeigten wir unsere Einladungen und wurden dann von einer Kellnerin mit einem Glas Champagner begrüßt. Wir schlenderten in den nächsten Raum, in dem ein Buffet aufgebaut war. Svenja bekam große Augen und war schon unterwegs, um sich von den Köstlichkeiten zu bedienen.

Ich musste grinsen. Es hatte sich nichts geändert. Svenja war eine Freundin von Lebensmitteln. Mit einem gut gefüllten Teller kam sie zurück.

„Ich setze mich mal kurz hier an einen der Tische!" sagte sie. „Du kannst Dich ruhig schon mal umschauen, wenn Du nichts essen möchtest."

Ich nickte und ging langsam weiter in den nächsten Raum. Hier hingen recht ansprechende

Bilder. Ich stellte mich hinter einen Mann und schaute ihm über die Schulter, damit ich das Werk besser sehen konnte.

In diesem Moment drehte er sich um. Ich erstarrte und auch der Mann wurde weiß wie die Wand. Vor mir stand Luca!

Er fing sich zuerst.

„Bella! Was machst Du denn hier?" fragte er atemlos.

Ich versuchte etwas zu sagen, es kam aber nur ein Stottern über meine Lippen. Nach einer Weile hatte ich mich soweit gefangen, dass ich antworten konnte.

„Das könnte ich Dich auch fragen!"

„Mein Bruder ist der ausstellende Künstler! Ich war gerade in Deutschland und wollte mir die Vernissage unbedingt ansehen!" antwortete er. Dann drehte er sich suchend um und winkte einem Mann im legeren Leinenanzug, der sich angeregt mit einem älteren Ehepaar unterhielt.

Er drehte sich zu uns um und ich war wie gelähmt vor Schreck. Er sah genauso aus wie Luca. Sie waren Zwillinge!! Dann wurde mir schwarz vor Augen.

„Geht es wieder Bella!" hörte ich Svenjas Stimme wie durch Watte. Meine Ohren rauschten. Ich versuchte mich zu orientieren. Wo war ich denn? Erst langsam kam die Erinnerung wieder. Svenja half mir auf und drückte mir ein Glas Champagner in die Hand.

„Trink mal was. Das ist gut für den Kreislauf!" sagte sie. Erst jetzt sah sie, was mich vorher so aus der Bahn geworfen hatte.

„Da ist ja Luca! Und gleich zweimal!" Sie schnappte nach Luft.

„Mein Name ist Lorenzo!" sagte Lucas' Zwilling. „Ich wusste nicht, dass meine Bilder so umwerfend sind!"

Jetzt musste ich doch lächeln. Mir gingen tausend Dinge durch den Kopf. War es damals vielleicht Lorenzo, den ich mit dieser Valeria gesehen hatte? Aber sie sind doch in Lucas' Cabrio gestiegen. Meine Gedanken überschlugen sich.

„Ich glaube, ich bringe Dich mal nach Hause!" sagte Svenja. „Du musst Dich erstmal von dem Schock erholen!"

„Warte bitte!" flehte Luca. „Ich muss mit Dir reden. Ich habe noch so viele Fragen! Können wir uns nochmal treffen? Ich bin noch bis übermorgen hier in einem Hotel."

„Ich glaube da hat Tom, Bellas Mann, etwas dagegen!" sagte Svenja.

Aber Luca ließ sich nicht beirren. Er hielt mich an der Hand fest und schaute mir in die Augen.

„Bitte Bella! Das bist Du mir schuldig. Du hast mich damals einfach allein gelassen ohne ein Wort zum Abschied! Hier ist meine Visitenkarte. Ruf mich bitte an, damit wir uns noch einmal treffen können!"

Ich nahm die Karte wie in Trance und ließ mich von Svenja zum Ausgang bringen. Ich konnte nicht fahren, dazu war ich viel zu aufgewühlt. Svenja brachte mich nach Hause. Unterwegs sagte sie nicht viel. Als wir vor unserem Haus angekommen waren, rief sie ein Taxi für sich.

„Wir telefonieren morgen! Überlege Dir bitte gut, was Du machst! Du hattest Luca schon vergessen. Soll das alles wieder von vorne losgehen? Und denk an Tom. Er liebt Dich über alles!"

Ich wusste, dass Svenja Recht hatte. Ich nahm mir wirklich vor Lucas' Visitenkarte wegzuwerfen. Als ich in der Küche vor dem Mülleimer stand, brachte ich es aber nicht fertig.

Ich war noch allein. Wir waren ja nicht lange bei der Vernissage geblieben. Darüber war ich jetzt sehr froh. Ich musste mich erstmal beruhigen. Nachdem ich geduscht hatte, ging ich direkt ins Bett. Dann hörte ich, dass Tom nach Hause kam, tat aber so, als ob ich schon schlafen würde. In meinem Kopf ging alles durcheinander und ich lag fast die ganze Nacht wach. Am nächsten

Morgen war ich wie gerädert. Als ich in die Küche kam, war Tom schon fertig angezogen und hatte Kaffee gekocht.

„Guten Morgen mein Liebling!" sagte er. „Du hast so unruhig geschlafen! Ist alles in Ordnung?" fragte er.

Ich küsste ihn und kuschelte mich an ihn.

„Ich bin okay. Ich habe einfach nur schlecht geschlafen. Vielleicht weil Vollmond ist!"

Tom gab sich mit der Antwort zufrieden. Wir tranken noch eine Tasse Kaffee zusammen, dann musste er auch schon los. Auch für mich wurde es Zeit, dass ich mich fertig machte.

Der Vormittag verging wie im Flug. Ich hatte eng getaktete Termine und war froh, dass ich abgelenkt war. Am frühen Nachmittag fuhr ich dann wieder nach Hause. Ich nahm mein Handy und Lucas' Visitenkarte. Dann bekam ich ein schlechtes Gewissen und legte sie wieder weg. Aber ich wollte doch wissen was damals passiert ist. Ich wollte doch Tom nicht hintergehen, sondern nur von Luca hören ob es Lorenzo war, der Valeria geküsst hatte.

„Luca Rossi!" hörte ich die Stimme, die mich früher so aus der Fassung bringen konnte.

„Ich bin es, Bella!" sagte ich mit klopfendem Herzen.

„Bella! Gott sein Dank! Ich habe so gehofft, das Du Dich meldest!" hörte ich Luca sagen.

„Wir haben doch einmal gesagt, dass es unser Schicksal ist, wenn wir uns durch Zufall wieder getroffen haben. Vielleicht ist es auch diesmal so!" antwortete ich.

„Hast Du jetzt Zeit?" fragte Luca. Komm doch bitte zu mir ins Hotel. Ich bin nur noch bis morgen hier. Ich habe so viele Fragen!"

„In welchem Hotel wohnst Du?" fragte ich.

„Ich bin im *Schwarzen Ross*, kennst Du das?"

„Natürlich! Es ist ja das beste Haus am Platz! Ich bin in einer halben Stunde dort. Treffen wir uns im Foyer?" antwortete ich.

„Ich kann es kaum erwarten!" sagte Luca und ich legte auf.

Ich zog mich um und fuhr in die Innenstadt. Das Auto parkte ich in der Tiefgarage. Im Foyer saß Luca und schaute nervös auf seine Uhr. Ich ging auf ihn zu. Als Luca aufstand und mich in den Arm nahm, da war es wie früher. Ich vergaß alles um mich herum. Ich hörte sein Herz laut klopfen und wusste, dass ich ihn eigentlich nie vergessen hatte. Ich hatte die Erinnerung nur verdrängt.

„Möchtest Du etwas trinken? Sollen wir in die Bar gehen?" fragte er.

„Das ist eine gute Idee. Ich brauche jetzt etwas Starkes!" antwortete ich.

Wir setzten uns an einen Tisch im hinteren Bereich der Bar. Als unsere Getränke kamen, fragte Luca plötzlich: „Warum bist Du damals einfach so verschwunden. Für mich ist eine Welt zusammen gebrochen, als mir Valeria sagte, das Du abgereist bist."

„Ich habe Euch auf dem Parkplatz des Hotels gesehen in der Nacht, als Du angeblich in

Verona warst. Ihr habt Euch geküsst und seid dann in Deinem Cabrio weggefahren!" Bei dem Gedanken an diesen Abend zitterte meine Stimme.

„Das war ich nicht. Das war Lorenzo. Er war damals mit Valeria verlobt. Er hatte sich mein Cabrio ausgeliehen. Ich bin mit einem Firmenwagen gefahren!"

Luca nahm meine Hände. „Ich hatte damals vergessen Dir zu sagen, dass ich einen Zwillingsbruder habe. Mir war es nur wichtig alles von Dir zu erfahren. Das war ein fürchterlicher Fehler! Ich habe all die ganzen Jahre gedacht, dass Du nur einen Urlaubsflirt gesucht hast!" Luca hatte Tränen in den Augen.

„Als ich Dich, oder Lorenzo, mit Valeria gesehen habe, dachte ich das Gleiche. Ich war so wütend und enttäuscht, dass ich keinen klaren Gedanken mehr fassen konnte. Ich habe das Hotel fluchtartig verlassen. Noch nicht einmal Svenja habe ich Bescheid gesagt. Warum hast Du nicht versucht mich zu finden?" wollte ich wissen.

„Aus dem besagten Grund. Ich dachte, Du hast nur eine Eroberung für den Urlaub gesucht. Ich war viel zu stolz um Dich zu suchen!" Luca schaute mir tief in die Augen.

„Das haben wir Beide gründlich versaut!" sagte ich leise.

„Und jetzt ist es zu spät?" fragte Luca. „Du bist verheiratet?"

Ich nickte. „Seit ein paar Jahren!"

„Bist Du glücklich?" Luca schaute bei der Frage auf den Boden.

„Ja! Ich habe einen sehr lieben Mann!" antwortete ich ehrlich. „Und Du? Bist Du auch verheiratet?"

Luca schüttelte den Kopf. „Ich hatte ein paar kurze Beziehungen. Aber eigentlich nichts Ernstes. Ich konnte Dich nie vergessen!"

Ich wusste nicht, was ich sagen sollte. Luca kam mir zuvor.

„Also haben wir Beide schon wieder keine Chance!"

„Ich bin trotzdem froh, dass wir die Möglichkeit hatten uns auszusprechen. Jetzt kann ich mit Liebe und nicht mit Wut und Enttäuschung an Dich denken", sagte ich.

Ich trank den Rest Wein aus und stand auf. „Mach es gut Luca. Pass auf Dich auf!"

Luca blieb sitzen und flüsterte: „Ich liebe Dich Bella!"

„Ich Dich auch!" sagte ich und verließ die Bar.

Teil 3

8 Monate später

Ich hatte Luca seit dem Tag nach der Vernissage nicht wieder gesehen. Nur Svenja wusste, dass ich mich mit ihm getroffen hatte. Sie war nicht begeistert, konnte mich aber verstehen.

„Es tut mir leid Bella, dass in Italien damals alles ein Missverständnis war. Aber vielleicht ist es besser so. Wer weiß, was überhaupt aus Euch geworden wäre. Im Urlaub ist alles immer himmelblau."

Wahrscheinlich hatte sie Recht, aber in den Wochen nach dem zufälligen Zusammentreffen mit Luca war ich verunsichert. Ich hatte Tom gegenüber ein schlechtes Gewissen, weil ich so oft an Luca dachte.

An einem Wochenende im Frühjahr fragte mich Tom am Frühstückstisch: „Schatz, ich brauche dringend Urlaub. Sollen wir nicht einfach spontan verreisen?"

Ich war etwas überrascht, fand die Idee aber sehr gut. Wir hatten wegen unserer Jobs in den letzten Monaten kaum Urlaub machen können.

„Woran hast Du denn gedacht?" fragte ich.

„Irgendwo in die Sonne. Vielleicht auf die Balearen? Da ist es um diese Zeit schon richtig warm!"

Am nächsten Tag brachte Tom Reiseprospekte mit. Wir organisierten den Urlaub mit unseren Mitarbeitern und flogen zwei Wochen später nach Mallorca.

Svenja hatte am Morgen noch angerufen und gesagt: „Das wird Euch gut tun, endlich habt ihr mal wieder Zeit für Euch!"

Wir hatten ein schönes Hotel in unmittelbarer Nähe zum Meer. Morgens machten wir lange Spaziergänge am Strand und unternahmen Ausflüge in das Hinterland. Wir fuhren mit dem Mietwagen durch die Gegend und blieben dort, wo es uns gefiel. Tom und ich waren uns nach langer Zeit wieder sehr nahe. Wir liebten uns fast jede Nacht und ich musste nur noch selten an Luca denken.

„Bella ich bin sehr glücklich mit Dir!" sagte Tom eines Abends, als wir nochmal einen Spaziergang am Strand machten.

„Ich weiß!" sagte ich. „Mir geht es mit Dir genauso!"

„Wirklich?" fragte Tom und schaute mir dabei direkt in die Augen.

„Warum fragst Du?" Ich war irritiert.

„Du bist seit ein paar Monaten anders. Ich weiß nicht, wie ich es sagen soll. Du bist so nachdenklich und manchmal wie abwesend. Eigentlich seit dem Abend, als Du mit Svenja bei dieser Vernissage warst!"

Ich konnte Tom nichts vormachen. Er sah mir auch jetzt direkt ins Herz. Er war nicht nur mein Mann, sondern auch mein bester Freund. Meine Liebe zu ihm war ehrlich, wenn auch auf einer ganz anderen Basis wie die Liebe zu Luca.

Ich musste plötzlich weinen und erzählte Tom alles. Wie ich Luca kennen gelernt hatte, über das Missverständnis in Italien und über unser zufälliges Wiedersehen bei der Vernissage.

„Du liebst ihn immer noch!" sagte Tom. Es war mehr eine Feststellung als eine Frage.

„Ich liebe Dich!" sagte ich statt einer Antwort.

„Reicht das, um den anderen Mann zu vergessen?" fragte Tom leise.

Ich nickte, aber ich wusste selbst, dass es nicht stimmte. Ich würde Luca nie ganz vergessen können. Er war meine erste große Liebe.

Ich war froh, dass Tom nun alles wusste. Aber irgendetwas war in ihm zerbrochen. Tom stürzte sich zuhause in die Arbeit und wir sahen uns immer seltener.

Wenn ich ihn darauf ansprach, dann sagte er nur, dass er etwas Abstand braucht. Ich gab ihm diese Zeit, in der Hoffnung, dass wir wieder zueinander finden würden.

Um nicht zuhause sein zu müssen fing Tom an zu joggen. Jeden Abend war er lange im nahegelegenen Park laufen. Als ich ihn fragte, ob ich mitkommen könnte, schüttelte er den Kopf. Wir lebten uns immer mehr auseinander.

Ich traf mich oft mit Svenja und suchte ihren Rat. Sie sagte nur: „Du hättest es Tom nicht sagen dürfen. Manchmal ist eine Lüge besser als die Wahrheit. Sie tut weniger weh!"

An einem Wochenende im Sommer wollte ich Tom überraschen. Ich hatte Svenja und Simon eingeladen. Wir wollten grillen und den lauen Sommerabend gemeinsam genießen.

Tom war wieder im Park, um noch ein paar Runden zu drehen. In der Zwischenzeit deckte ich auf der Terrasse den Tisch, stellte Getränke kalt und machte ein paar Salate. Als Svenja und Simon eintrafen, war Tom immer noch nicht zurück. Wir setzten uns in den Garten und unterhielten uns eine Weile. Als Tom eine halbe Stunde später immer noch nicht da war, fing ich an mir Sorgen zu machen.

„Er kommt bestimmt gleich. Vielleicht hat er Jemanden getroffen!" sagte Simon, aber ich war unruhig.

Nach einer weiteren Stunde sagte ich: „Ich gehe Tom jetzt suchen. Er müsste doch schon längst wieder hier sein!"

Svenja und Simon kamen mit mir. Es dämmerte schon langsam. Im Park waren nur noch vereinzelt Spaziergänger unterwegs. Wir liefen in Richtung der Joggingstecke und dann sah ich Tom. Er lag vor einer Bank auf dem Boden und ein paar Leute beugten sich über ihn. Ich rannte los. Mein Herz raste wie wild. Ich hatte furchtbare Angst.

Simon war gleich hinter mir, drängte sich zwischen die Leute, die erste Hilfe leisten wollten. Dann beugte er sich über Tom und fühlte seinen Puls an der Halsschlagader. Simon begann sofort mit der Herzmassage.

Eine junge Frau hatte schon den Rettungsdienst gerufen. Ich stand daneben wie erstarrt. Svenja zog mich zur Seite.

„Es wird alles gut!" sagte sie. Und dann sah ich in Simons Gesicht. Er schaute zu mir und sagte: „Es tut mir so leid Bella. Ich konnte nichts mehr für ihn tun. Tom ist tot!"

An die Tage danach konnte ich mich später kaum noch erinnern. Ich hatte einen Schock und bin zusammen gebrochen. Man brachte mich ins Krankenhaus und pumpte mich mit Beruhigungsmitteln voll. Am Tag der Beerdigung durfte ich für ein paar Stunden gemeinsam mit meinen Eltern zum Friedhof. Es war alles so unwirklich. Das war doch nicht Tom, der dort im Sarg lag. Wann wachte ich denn endlich aus diesem Alptraum auf?

Svenja kümmerte sich um alles. Meine Eltern kamen mich regelmäßig besuchen, aber auch sie konnten mir nicht helfen. Irgendwann wurde ich aus dem Krankenhaus entlassen. Svenja hatte mir in ihrem Haus ein Zimmer eingerichtet. Sie wollte mich nicht allein lassen.

„Ich bin schuld, dass Tom tot ist!" sagte ich zu Svenja, als wir bei ihr abends allein im Garten saßen.

„Du spinnst! Tom hatte ein Aneurysma, das geplatzt ist. Keiner hat es gewusst und keiner ist schuld!" sagte Svenja wütend. „Hör auf, Dir diesen Blödsinn einzureden, sonst kommst Du nie darüber hinweg!"

„Aber er war in der letzten Zeit so traurig. Ich mache mir solche Vorwürfe, dass ich mich mit Luca getroffen habe und ihm von uns erzählt habe!"

„Jeder hat eine Vergangenheit. Zu Deiner gehörte halt Luca und eure Zeit in Italien!" Svenja schaute mir tief in die Augen.

„Oder war da mehr? Hattet ihr eine Affäre, als ihr Euch wiedergesehen habt?" fragte sie.

„Nein, wir haben uns nur ausgesprochen. Aber Tom hat gemerkt, dass ich Luca immer noch liebe!" sagte ich leise.

„Das war aber nicht der Grund warum er gestorben ist. Vielleicht hättet ihr Euch irgendwann getrennt, aber auch das weißt Du nicht.

So schlimm es auch klingt, aber das Leben geht weiter. Es ist ein furchtbares Unglück, dass Tom so jung von uns gegangen ist."

Svenjas Worte drangen zu mir durch, aber sie konnten mich nicht trösten oder überzeugen. In meinem Kopf spielte sich immer wieder die Szene ab, wie Tom im Park gestorben ist, ohne dass wir nochmal über alles sprechen konnten.

Ich stürzte mich in die Arbeit und zog ein paar Wochen später wieder zurück in unser Haus. Svenja und meine Mutter hatten in der Zwischenzeit alle Dinge entfernt, die mich an Tom erinnern könnten. Seine Kleidung brachten sie zum Roten Kreuz und andere persönliche Dinge packten sie in Kartons und stellten sie in die Garage. Fotos hatten sie in eine Schublade gelegt. Ich sollte selbst entscheiden, wann ich sie wieder aufstellen konnte.

Es wurde Zeit, mich um den Verkauf des Autohauses zu kümmern. Toms Kompagnon übernahm das Geschäft und zahlte mich aus. Um mich abzulenken und um nicht ständig an Tom denken zu müssen, kaufte ich neue Möbel, dekorierte um und tapezierte die Wände neu.

Aber es half alles nichts, wenn ich nachts allein im Bett lag, waren meine Gedanken bei Tom. Ich vermisste ihn unendlich.

Svenja kam oft vorbei und versuchte mich aufzuheitern. Ihre Kinder brachten mich auf andere Gedanken, aber mir wurde schmerzlich bewusst, dass mein größter Wunsch, eigene Kinder, nicht in Erfüllung gehen würde.

An einem trüben Tag im Herbst nahm ich alle Schlaftabletten, die mir mein Arzt gegen meine Schlafstörungen verordnet hatte. Ich spülte sie mit einer halben Flasche Rotwein hinunter und hoffte, dass ich nie wieder aufwachen würde. Der Schmerz sollte endlich vorbei sein…

Teil 4

Ein Jahr später

Nachdem ich aus der Klinik entlassen wurde, versuchte ich in mein Leben zurück zu finden. Die lange Therapie nach meinem Selbstmordversuch hatte mich soweit stabilisiert, dass ich wieder nach Hause durfte.

Svenja hatte damals den ganzen Tag ein komisches Gefühl gehabt und ist abends spontan zu mir gefahren. Sie hatte mich gefunden und mir das Leben gerettet.

Ich wurde später in einer psychiatrischen Klinik im Schwarzwald behandelt. Hier war ich abgeschottet von allem was mich belastete. Mein Arzt und die Therapeuten kümmerten sich rund um die Uhr um mich. Nach ein paar Monaten zeigten sich erste Erfolge. Ich konnte mir zum ersten Mal selbst verzeihen und machte mir keine Vorwürfe mehr an Toms Tod. Nur ab und zu zogen noch dunkle Gedanken durch meinen Kopf, aber dafür bekam ich dann Medikamente.

Als ich die Tür zu meinem Haus nach langer Zeit wieder aufschloss, hatte ich Herzklopfen. Ab jetzt musste ich allein mit meinem Leben klar kommen.

Meine Praxis hatte ich, kurz nachdem ich in die Klinik gekommen war, an meinen Nachfolger übergeben. Das bedeutete, dass ich mir einen neuen Job suchen musste. Durch den Verkauf des Autohauses und der Praxis hatte ich keine finanziellen Probleme. Ich wollte und konnte aber nicht zuhause bleiben.

Ich wollte meinem Leben einen neuen Sinn geben.

Simon brachte mich auf eine Idee, die mir endlich half, wieder neuen Lebensmut zu finden. Als ich eines Abends bei Svenja und Simon auf die Kinder aufpassen sollte, fragte er mich ganz nebenbei: „Bella, Du kannst doch so gut mit Kindern umgehen. Willst Du nicht umschulen und Erzieherin werden?"

Ich schob den Gedanken beiseite, aber er ließ mich nicht los. Simon hatte Recht. Mit Kindern zu arbeiten machte mir großen Spaß. Und so konnte ich auch verarbeiten, dass ich selber keine Kinder hatte.

Ein paar Wochen später bewarb ich mich in einem Kindergarten ganz in meiner Nähe. Man ermöglichte mir dort eine Ausbildung zu machen. Es wurde händeringend nach Erziehern gesucht.

Vom ersten Tag an war ich glücklich mit meiner Entscheidung. Ich ging jeden Tag gern zur Arbeit und freute mich auf die Kinder. Ich war jetzt Anfang dreißig und hatte endlich meine Berufung gefunden.

Im folgenden Jahr bestand ich kurz vor den Sommerferien meine erste Prüfung. Am Abend feierte ich mit Svenja und Simon in unserem Lieblings-Biergarten. Die Kinder waren bei Svenjas Eltern.

„Ich bin so froh, dass wir endlich mal ohne die Kinder unterwegs sind. So sehr ich sie liebe, aber

sie sind jetzt in einem anstrengenden Alter!"
stöhnte Svenja. Sie trank einen großen Schluck
Bier und schaute mich auf einmal fragend an.

„Was hältst Du davon noch einmal gemeinsam
Urlaub zu machen? Nur Du und ich?" fragte sie
leise.

„Ich weiß nicht. Der arme Simon muss dann ja
allein mit den Kindern klar kommen!"
antwortete ich.

„Das lass mal meine Sorge sein! Die Mädchen
können bei den Großeltern bleiben und Leon ist
in den Ferien mit seinem Freund und dessen
Eltern in Holland!" Simon zwinkerte mir zu.
„Außerdem brauche ich mal Urlaub von Svenja.
Diese Frau ist sowas von anstrengend!"

Svenja machte ein böses Gesicht, musste dann
aber selber lachen als sie merkte, dass Simon sie
nur ärgern wollte.

„Also ich bin reif für ein paar freie Tage. Ich habe
zuletzt in unserem Reisebüro ein Angebot
gesehen. Eine Woche Venedig. Was meinst Du
dazu?"

Ich überlegte kurz. Die Aussicht mit Svenja ein paar Tage Urlaub zu machen war sehr verführerisch. Und Venedig stand schon immer ganz oben auf meiner Urlaubswunschliste.

Am nächsten Tag trafen Svenja und ich uns in dem Reisebüro und buchten den Urlaub. Diesmal fuhren wir nicht mit dem Auto. Dafür war die Zeit zu kurz. Wir wollten ab Frankfurt fliegen.

Ich hatte in den ersten beiden Ferienwochen sowieso Urlaub, da der Kindergarten in dieser Zeit geschlossen war.

Also packte ich meinen Koffer und freute mich sehr auf die freien Tage. Simon brachte uns zum Flughafen und wünschte uns eine schöne Zeit.

In Venedig wurden wir vom Reiseveranstalter abgeholt und in unser wunderschönes Hotel gebracht. Es lag ganz zentral, nahe der Rialtobrücke.

Von meinem Zimmer aus konnte ich auf einen der Kanäle schauen.

Am Abend gingen Svenja und ich nochmal eine Runde spazieren. Es wurde langsam leerer. Die meisten Gäste blieben nur einen Tag. Am Abend wurde es ruhiger. Wir gingen etwas essen und tranken später noch einen Wein in der Hotelbar.

„Ich bin müde!" sagte Svenja und gähnte. „Ich gehe mal ins Bett. Morgen ist auch noch ein Tag!"

Wir verabschiedeten uns vor meinem Zimmer. Ich lag noch eine Weile wach und lauschte den Stimmen und der leisen Musik, die durch mein Fenster drangen.

Am nächsten Morgen duschte ich lange. Ich hatte mich gerade angezogen, als es an meiner Tür klopfte.

„Zimmerservice!" rief eine männliche Stimme.

Ich öffnete vorsichtig und dann dachte ich mein Herz bleibt stehen. Vor der Tür stand Luca!!

Er kam auf mich zu und nahm mich in den Arm.

„Es ist alles gut. Sei uns nicht böse, aber wir mussten Dich ja irgendwie hier her nach Venedig bekommen." sagte er leise in mein Ohr.

„Wir?" fragte ich atemlos.

„Ja, Svenja und ich haben uns das ausgedacht!" antwortete Luca. „Wir sind schon lange in Kontakt. Sie hat mich damals angerufen, als es Dir nach dem Tod Deines Mannes so schlecht ging!"

Ich konnte das alles gar nicht glauben. Ich setzte mich mit zitternden Knien auf mein Bett.

Svenja hatte heimlich hinter meinem Rücken mit Luca gesprochen und gemeinsam mit ihm diesen Urlaub geplant. Das musste ich erstmal verarbeiten.

„Wärst Du denn sonst zu mir nach Venedig gekommen? Wolltest Du mich denn überhaupt wiedersehen?" fragte Luca. Er setzte sich neben mich und nahm meine Hand. „Ich weiß es nicht. Ich war lange nicht in der Lage mein Leben zu meistern. Ich denke Svenja hat Dir gesagt, was passiert ist?" fragte ich.

„Ich weiß von Deinem Selbstmordversuch. Als Svenja mich informiert hat, wollte ich sofort zu Dir. Aber man hat mir davon abgeraten. Es hätte Dich noch mehr durcheinander gebracht. Aber ich wusste immer wie es Dir ging und das Du Fortschritte gemacht hast!" Luca streichelte meine Hand.

„Svenja hat die ganze Zeit nichts davon gesagt. Ich war vollkommen ahnungslos, dass ihr Kontakt hattet!"

Ich war immer noch völlig durcheinander.

„Das war der Wunsch Deines Therapeuten. Er meinte, Du musst erst wieder im Leben ankommen. Erst dann sollte ich mich bei Dir melden!"

Luca schaute mir tief in die Augen.

„Es tut mir sehr leid, was passiert ist. Du hattest es wirklich nicht leicht. Ich hoffe, dass ich jetzt für Dich da sein darf!"

„Lass mir Zeit! Ich muss jetzt erstmal verarbeiten, was heute passiert ist."

Ich stand auf.

„Sei mir nicht böse, aber ich möchte jetzt allein sein. Vielleicht können wir uns später treffen. Ich möchte erst noch einmal mit Svenja sprechen!" sagte ich.

Luca nickte. „Ich verstehe Dich. Du kannst mich jederzeit erreichen. Mir gehört dieses Hotel. Komm erst zur Ruhe und dann sag Du mir, wann Du bereit bist mich wieder zu sehen!"

Luca ging zur Tür und schloss sie leise hinter sich.

Ich war so durcheinander, das ich mich erst noch einmal auf mein Bett setzten musste. Ich war einerseits glücklich, dass Luca hier war, andererseits war ich wütend, dass Svenja das alles hinter meinem Rücken gemacht hatte. Sie hatte es gut gemeint, aber ich fühlte mich übergangen.

Nachdem ich mich einigermaßen gefangen hatte klopfte ich an Svenjas Hotelzimmertür.

Sie öffnete sofort. Wahrscheinlich hatte sie schon die ganze Zeit gewartet, dass ich zu ihr kommen würde.

Sie machte ein erwartungsvolles Gesicht. „Ich komme um vor Neugierde! Wie geht es Dir? Freust Du Dich?" wollte sie wissen.

„Svenja, ich weiß, dass Du es gut gemeint hast. Aber meinst Du nicht, Du hättest mich erst einmal fragen sollen, ob ich Luca wieder sehen möchte?" sagte ich ernst.

Svenja wollte etwas sagen, machte dann aber den Mund wieder zu und schaute schuldbewusst.

„Es war ein Fehler?" fragte sie. „Das habe ich jetzt nicht erwartet."

„Ich mag einfach nicht, wenn Du für mich entscheidest. In der Therapie habe ich gelernt, dass ich für mein Leben selbst verantwortlich bin!"

Svenja schaute unglücklich. „Das ist ja in die Hose gegangen. Es tut mir leid Bella!"

Sie kam auf mich zu und nahm mich in den Arm.

„Sei mir bitte nicht böse!" sagte sie leise.

„Du weißt, dass ich Dir nie lange böse sein kann!" antwortete ich. „Dann lass uns mal das Beste daraus machen!"

Nach dem späten Frühstück ließen Svenja und ich uns durch Venedig treiben. Wir liefen nach unserem Reiseführer zu den verschiedenen Sehenswürdigkeiten und landeten natürlich am Markusplatz. Ein Blick auf die Preise der Restaurants und Cafés hielt uns davon ab, uns dort hinzusetzen.

„Bei diesen Preisen könnte man meinen, man kauft einen Anteil am Restaurant. Das ist ja unverschämt!" sagte Svenja. Also kauften wir uns ein Eis in der Waffel und liefen weiter durch die schattigen Gassen. Irgendwann landeten wir in einem kleinen Park. Hier waren keine Touristen mehr zu sehen. „Komm, wir setzten uns hier auf die Bank!" forderte ich Svenja auf. „Wir sind genug rumgelaufen!"

Svenja nickte dankbar und setzte sich neben mich. Wir beobachteten Kinder die Tauben nachliefen und einen riesigen Spaß dabei hatten, als Svenja plötzlich sagte: „Bella, ich fliege morgen schon wieder nach Hause. Ich dachte eigentlich, dass ich eher störe, wenn Du mit Luca allein sein möchtest. Deshalb habe ich den Flug früher gebucht. Jetzt bin ich ganz verunsichert!"

Ich überlegte kurz, ob ich auch am nächsten Tag zurückfliegen sollte. Ich war eigentlich nicht bereit mich wieder auf Luca einzulassen. Ich war noch nicht über Toms Tod hinweg.

„Du musst irgendwann loslassen. Das hat man Dir in der Klinik doch auch gesagt! Was spricht gegen ein paar schöne Tage mit dem Mann, den Du doch immer noch liebst!"

Svenja schaute mir in die Augen und ich wusste, dass sie Recht hatte.

Ich nickte und sie drückte mich ganz fest. Dann gingen wir wieder zurück zum Hotel.

Am nächsten Morgen packte Svenja nach dem Frühstück ihrem Koffer. An der Rezeption bestellte man ihr ein Taxi. Ich winkte ihr nach und ging auf mein Zimmer. Dort ließ ich mich über die Zentrale mit dem Büro von Luca verbinden.

„Bella! Wie schön! Ist Svenja schon unterwegs?" wollte er gleich wissen.

„Sie ist eben mit dem Taxi zum Flughafen gefahren!" antwortete ich.

„Ich habe so sehr auf Deinen Anruf gewartet. Ich habe mir eigentlich die Tage für Dich freigenommen. Ich erledige hier nur ein paar Dinge, die liegen geblieben sind. Wann hast Du Zeit für mich?" fragte er leise.

„Wie wäre es mit jetzt?" fragte ich und musste lächeln.

„Ich bin in fünf Minuten bei Dir!" sagte Luca und hatte schon aufgelegt.

Wir fuhren gemeinsam zum Lido di Venezia, dem Stadtstand von Venedig. Hier war es gar nicht so voll, wie ich befürchtet hatte. Die meisten Touristen besuchen die Kanäle und die Sehenswürdigkeiten in der Altstadt.

Wir mieteten für den Tag zwei Liegen und einen Sonnenschirm und legten uns nebeneinander. Luca schob seine Liege so dicht an meine, dass er meine Hand halten konnte. Es war ein wunderschönes Gefühl ihn zu spüren.

Er drehte sich zu mir um und sagte leise: „Ich kann es immer noch nicht glauben, dass wir hier gemeinsam sind. Es ist, als ob die Zeit stehen geblieben ist! Dabei ist so viel geschehen in den letzten Jahren. Aber vielleicht haben wir doch ein gemeinsames Schicksal!"

Ich überlegte einen kurzen Moment, dann antwortete ich: „Das Schicksal ist aber ziemlich kurzsichtig. Es hat uns eine Weile aus den Augen verloren!"

Luca antwortete nicht, ich denke aber, dass er verstand was ich damit meinte.

Wir hielten uns an den Händen und sagten lange nichts. Jeder von uns hing seinen Gedanken nach.

Am späten Nachmittag brachte mich Luca zurück ins Hotel. Am Abend wollte er mich abholen und mit mir Essen gehen.

Nach dem Duschen legte ich ein leichtes Makeup auf und zog ein knielanges Abendkleid an. Luca wollte mich in ein edles Restaurant ausführen. Ich war froh, dass ich mich doch entschieden hatte, nicht nur Freizeitkleidung einzupacken.

Gegen zwanzig Uhr klopfte es an meiner Zimmertür. Luca stand vor mir im Anzug mit Weste und sah umwerfend aus.

„Du bist so schön Bella!" sagte er. „Noch schöner als damals, als wir uns das erste Mal gesehen haben."

Er strich mir wie damals eine meiner widerspenstigen blonden Strähnen aus dem Gesicht und küsste mich sanft. Wie konnte ich nur so lange verdrängen wie sehr ich Luca liebte? Es traf mich wie ein Blitz und ich fühlte mich wieder wie Anfang zwanzig.

Luca hatte einen Tisch in einem Restaurant direkt am Canale Grande reserviert. Hier war ich gestern mit Svenja vorbei gegangen. Man hatte einen wundervollen Blick in die Lagune und auf die Gondeln, die an uns vorbei fuhren.

Luca bestellt Champagner und wir stießen auf unser Wiedersehen an.

Das Essen war exzellent und es wurde in unvergesslicher Abend. Später überredete Luca mich doch noch mit ihm in eine Gondel zu steigen.

„Wenn Du in Venedig warst und hast nicht in einer Gondel gesessen, dann bringt das Unglück!" sagte er und grinste. Er hatte sich das wahrscheinlich gerade ausgedacht.

In der Gondel legte er den Arm um mich. Wir lauschten dem Geräusch des Wassers, wenn der Gondoliere sein Paddel hineintauchte.

„Hoffentlich fängt er nicht an zu singen!" sagte ich. Ich hatte es kaum ausgesprochen, da schmetterte er auch schon los.

Luca lachte laut.

„Soll ich ihn noch nach weiteren Liedern fragen?" sagte er.

„Untersteh Dich!" Ich zwickte ihn in den Arm. Dann beugte ich mich zu ihm hinüber und küsste Luca zärtlich.

„Siehst Du, der Gesang zeigt schon Wirkung!" Luca lächelte mich an.

Es war schon mitten in der Nacht, als Luca mich zurück ins Hotel brachte. Er verabschiedete sich vor meiner Tür und küsste mich zum Abschied. Er machte keine Anstalten mich zu fragen, ob er noch mit auf mein Zimmer kommen dürfte.

Ich war froh darüber, denn ich war noch nicht bereit dazu, mit ihm die Nacht zu verbringen.

Am nächsten Morgen schlief ich lange. Ich zog meine Shorts und eine leichte Bluse an. Dann fragte ich an der Rezeption nach Luca. Die Hotelmanagerin meinte:

„Es tut mir leid. Herr Rossi ist noch nicht im Hause!"

Deshalb entschied ich mich allein etwas zu unternehmen.

Ich wollte einen Ausflug nach Murano machen. Ich fühlte mich so gut wie lange nicht mehr. Die Tatsache, mich allein in einer fremden Stadt zu befinden, machte mich nervös und gleichzeitig gespannt. Im Hotel hatte ich mir einen Stadtplan geben lassen. Auf diesem suchte ich jetzt nach dem Weg zur Anlegestelle der Schiffe, die zur Insel Murano fuhren.

Murano war bekannt für seine Glasmanufakturen, aber auch für seine stillen Gässchen mit den bunten Häusern.

An der Schiffsanlegestelle war schon früh die Hölle los. Scharen von Touristen waren mit Bussen dorthin gebracht worden.

Asiaten und Amerikaner überboten sich beim Fotografieren. Alles drängelte wie wild. Fast hätte mich jemand in die Lagune geschubst.

Endlich saß ich in einem der Schiffe neben einer jungen Frau, die ständig Selfies machte. Ich fragte mich, ob sie zuhause überhaupt noch wusste wo sie gewesen ist.

Es dauerte nicht lange und der Kapitän legte das Schiff in Murano an. Ich ließ die meisten Touristen erst einmal aussteigen. Dann griff ich meinen kleinen Rucksack und machte mich auf den Weg. Ich ging entgegengesetzt der vielen Menschen und befand mich bald ziemlich allein in den engen Gassen. Es war hier wie in Venedig, nur kleiner und überschaubar. Ich suchte ein Straßencafé und bestellte einen Kaffee und einen kleinen süßen Kuchen. Ich ließ die Seele baumeln als mein Handy klingelte. Es war Luca.

„Wo bist Du Bella? Ich wollte Dich gerade im Hotel abholen!" sagte er.

„Ich bin auf Murano. Ich wollte mir die Insel mal anschauen", antwortete ich.

„Allein? Warum hast Du nicht auf mich gewartet?" fragte Luca. Ich konnte hören, dass er beleidigt war.

„Ich wusste ja nicht, wann Du Zeit hast. Ich habe an der Rezeption nach Dir gefragt und da Du nicht da warst, bin ich allein losgezogen. Ich bin ja schon groß!" sagte ich sarkastisch.

„Ich will Dich auch nicht kontrollieren. Ich hatte mich nur auf Dich gefreut!" Luca war jetzt etwas kleinlaut.

„Ich bin heute Nachmittag wieder im Hotel. Dann können wir uns sehen. Sei mir nicht böse, aber ich muss manchmal allein sein. Ich muss mir schließlich über ein paar Dinge Gedanken machen!" antwortete ich.

Es war kurz Stille, dann sagte Luca: „Ich hole Dich so gegen siebzehn Uhr ab, ist das okay?"

„Ja, gerne. Ich freue mich."

Nach dem Telefonat war ich etwas niedergeschlagen und hatte ein schlechtes

Gewissen. Hätte ich doch auf Luca warten sollen? Andererseits hatten Svenja und er alles hinter meinem Rücken organisiert. Es war mein Urlaub und ich wollte ihn gestalten, wie es mir gefiel.

Ich schlenderte noch eine ganze Weile am Wasser entlang und besuchte dann doch noch eine Glasfabrik.

Ich war fasziniert von den filigranen Arbeiten und den wunderschönen Glasfiguren. Ich kaufte einen kleinen Elefanten, der ein Glücksbringer sein soll.

Am Nachmittag brachte mich ein Schiff wieder zurück nach Venedig. Dort aß ich in einer Seitenstraße eine Kleinigkeit in einem Restaurant.

Svenja rief kurz an, um zu hören, ob alles in Ordnung sei. Sie war gut Zuhause angekommen und wünschte mir noch ein paar schöne Tage.

„Pass auf Dich auf und genieße die Zeit mit Luca. Ihr habt so viel nachzuholen!" sagte sie zum Abschied.

In diesem Moment hatte ich eine unheimliche Sehnsucht nach Tom. Ich vermisste ihn so sehr, dass es wehtat. Ich schloss die Augen und sah sein lächelndes Gesicht vor mir. Ich wollte dieses Bild festhalten, aber als ich die Augen wieder öffnete, war der Zauber verflogen.

Ob es doch möglich ist nach dem Tod Kontakt aufzunehmen? Fast kam es mir so vor. Ich verwarf den Gedanken und ging zurück zum Hotel. Aber auch hier war ich immer noch von dieser Situation gefangen.

Ich duschte lange und legte mich dann eine Weile auf mein Bett. Ich musste kurz eingeschlafen sein, denn ich wurde von einem Klopfen an der Tür geweckt.

Luca wollte mich abholen. Ich bat ihn, im Foyer auf mich zu warten, weil ich mich noch umziehen wollte.

Ich wählte ein Sommerkleid und passende Sandaletten und fuhr mit dem Fahrstuhl nach unten. Luca stand an der Rezeption und unterhielt sich mit einem Mitarbeiter. Ich stellte mich neben ihn.

„Hallo Bella, Du siehst so wunderschön aus!" sagte Luca und küsste mich.

Im selben Moment sah ich, wie eine wahnsinnig attraktive Frau auf uns zustürmte. Sie schimpfte laut auf Italienisch und dann schlug sie mir unvermittelt mit der Hand mitten ins Gesicht. Ich schrie auf.

Dann schlug sie auf Luca ein. Der schaute erschrocken und versuchte die Frau festzuhalten.

Der Mann hinter der Rezeption kam uns zur Hilfe. Luca und er packten die Frau und brachten sie nach draußen. Währenddessen schrie sie weiter und schlug um sich.

Ich hielt meine Wange, die zusehends rot wurde und brannte. Ich setzte mich auf einen der Sessel im Foyer und versuchte mich zu beruhigen. Was war das denn? Warum schlug mich diese fremde Frau? Ich war richtig geschockt.

Nach einer Weile kam Luca zurück in das Foyer. Er strich sich seine Haare aus dem Gesicht, zog mich aus dem Sessel und sagte:

„Komm Bella, ich muss Dir etwas erklären. Können wir auf Dein Zimmer gehen?"

Ich nickte stumm.

Wir fuhren ohne ein Wort zu sagen nach oben.

Als ich mein Zimmer aufschloss, musste ich plötzlich weinen. Ich fühlte mich gedemütigt und meine Wange schmerzte.

„Bella, es tut mir so leid. Zeig mal Dein Gesicht!" flehte Luca. Er küsste meine geschwollene Wange und streichelte mich.

„Wer war diese Frau und warum hat sie mich geschlagen?" wollte ich unter Tränen wissen.

„Ich wollte es Dir schon die ganze Zeit sagen, aber ich habe immer den richtigen Moment verpasst! Die Frau heißt Sofia und ist die Mutter meines Sohnes!" sagte Luca leise.
„Dein Sohn?" fragte ich und meine Stimme hörte sich plötzlich fremd an.

„Er heißt Damiano und ist fast neun Jahre alt. Ich hatte, nachdem Du damals aus Italien weggelaufen bist, eine kurze Affäre. Daraus ist Damiano entstanden. Wir sehen uns regelmäßig. Sofia versucht schon seit Jahren mich wieder für sich zu gewinnen. Aber ich liebe sie nicht. Ich habe immer nur Dich geliebt." Luca schaute verzweifelt.

Ich schüttelte den Kopf, weil ich das, was ich gerade gehört hatte, nicht begreifen konnte. Luca war Vater und hatte es mir bisher nicht gesagt.

„Du bist ein Feigling!" sagte ich wütend. „Wie kann ich Dir vertrauen, wenn Du mir das Wichtigste verheimlichst und dann schlägt mich diese Furie noch vor all den Leuten ins Gesicht!"

Ich war entsetzt und enttäuscht. Das musste ich mir nicht gefallen lassen.

„Geh bitte! Ich brauche jetzt meine Ruhe!" sagte ich und schob Luca Richtung Tür.

„Bitte Bella, lass mich doch erklären!" flehte Luca.

„Jetzt nicht!" sagte ich und schloss die Tür hinter ihm.

Nachdem ich mich einigermaßen beruhigt hatte, nahm ich meinen Koffer aus dem Schrank und packte meine Sachen. Es war wie damals und es tat genauso weh.

Teil 5

Wieder ein Jahr später

„Herzlichen Glückwunsch Bella! Ab heute bist Du fertig mit der Ausbildung! Lass uns darauf anstoßen!" sagte Marco.

Mein Kollege hob sein Glas und wir stießen auf meine bestandene Prüfung an.

„Kommt ihr heute Abend alle zu mir?" fragte ich. „Es gibt Chili con Carne. Wir können im Garten sitzen!"

Meine Kollegen nickten eifrig.

„Wann sollen wir denn da sein?" wollte Daniela wissen.

„Ihr könnt so ab achtzehn Uhr kommen. Macht Euch keinen Stress!" antwortete ich.

Endlich war es soweit. Ich hatte meine Prüfung zur Erzieherin bestanden und konnte auch weiterhin in dem Kindergarten arbeiten. Wir waren insgesamt fünf Kolleginnen und ein

Kollege. Im letzten Jahr waren Marco und ich uns näher gekommen. Es sollte aber noch keiner der anderen wissen.

„So ihr Lieben! Ich gehe jetzt nach Hause, um noch etwas vorzubereiten. Wir sehen uns nachher bei mir. Die Adresse habt ihr ja!"

Auf dem Heimweg kaufte ich noch etwas ein. Ich wollte auch noch ein paar Getränke holen.

Zuhause angekommen, schleppte ich alles in die Küche und verstaute die Lebensmittel im Kühlschrank.

Das Chili hatte ich schon vorbereitet, deshalb konnte ich mich noch etwas in die Sonne legen, bevor meine Gäste kamen.

Um halb sechs klingelte Marco. Er wollte mir noch helfen Stühle und einen zweiten Tisch in den Garten zu tragen.

„Hallo Du Schöne!" sagte er und küsste mich auf die Nasenspitze.

Marco hatte vor ein paar Monaten bei uns im Kindergarten angefangen.

Durch seine unbekümmerte Art hatten wir ihn schnell ins Herz geschlossen. Er war lustig und konnte super mit Kindern umgehen. Von Anfang an flirtete er mit mir und nach ein paar Wochen lud er mich ins Kino ein.

Nach der Vorstellung gingen wir noch in eine Bar und danach zu mir nach Hause. Es war alles so unkompliziert mit ihm. Wir verstanden uns blind und hatten die gleichen Interessen.

Marco kratzte sich am Bart und fragte: „Wo stehen die Sachen die in den Garten müssen?"

Ich zeigte ihm die Gartenmöbel. Er trug die Stühle mit seinen starken Armen wie Spielzeug. Ich musste lächeln. Marco war ein Frauentyp mit seinen blonden Locken und dem Dreitagebart. Er machte regelmäßig Sport und war sehr attraktiv.

Svenja meinte einmal: „Ihr seid optisch das ideale Paar. Er so groß und stark und Du so zierlich und wunderschön. Man könnte neidisch werden!"

„Lass die Finger von Marco, sonst sage ich es Simon!" Ich lachte und drohte ihr mit dem Finger.

Svenja mochte Marco sehr. Sie fragte auch nicht mehr nach Luca. Als ich aus Venedig zurückkam, erzählte ich Svenja was passiert war. Ich war damals so enttäuscht und die Ohrfeige tat lange weh. Nicht körperlich aber emotional. Svenja versuchte mich zu überzeugen, dass eine Aussprache mit Luca wichtig wäre. Aber ich wollte ihn so schnell nicht wiedersehen.

Luca versuchte wochenlang mich zu erreichen. Irgendwann war er wieder in Deutschland und wir trafen uns in Wiesbaden in einem Restaurant.

„Ich habe einen riesengroßen Fehler gemacht, dass ich Dir nicht gleich die Wahrheit gesagt habe. Ich hatte Angst vor deiner Reaktion!" sagte er. „Ich habe Sofia zur Rede gestellt. Leider lässt es sich nicht vermeiden, dass wir uns sehen. Ich möchte nicht, dass der Kontakt zu Damiano abbricht. Sie erpresst mich seit Jahren damit."

Ich konnte mir vorstellen, in welch einer schwierigen Situation Luca war. Aber nach alldem, was ich in den letzten Jahren durchgemacht hatte, konnte ich mich nicht auf ihn einlassen. Ich war emotional noch viel zu instabil.

Wir versprachen uns gegenseitig, dass wir weiter in Kontakt blieben. Mehr wollte ich nicht, auch wenn Luca maßlos enttäuscht war.

Wir telefonierten regelmäßig, aber die Abstände wurden größer.

„Wo bist Du denn mit Deinen Gedanken?" fragte Marco. Er hatte es sich auf einer Liege gemütlich gemacht.

„Komm mal zu mir Bella! Gleich kommen die Gäste, dann müssen wir uns wieder benehmen!"

Ich setzte mich zu ihm auf die Liege. Er nahm mich in den Arm und küsste mich zärtlich. Im gleichen Moment hörten wir Stimmen, die sich dem Garten näherten. „Warum müssen die denn so pünktlich sein?" Marco lachte und stand auf.

Es wurde ein schöner Abend. Meine Kollegin Marlene brachte ihren Mann mit. Marco war froh, dass er nicht der einzige Mann war.

„Das Chili ist superlecker, aber ganz schön scharf. Das macht Durst!" sagte Marco und griff nach der nächsten Flasche Bier.

Später ließ ich Musik laufen und wir tanzten bis in die späte Nacht. Nach und nach verließen die Gäste den Garten. Als alle gegangen waren nahm Marco mich an die Hand und zog mich ins Haus.

„Es war ein schöner Abend. Jetzt sollten wir ihm noch einen krönenden Abschluss verpassen!"

Marco lachte und hob mich auf seine Arme. Dann trug er mich ins Schlafzimmer.

Die nächsten Wochen verliefen ruhig. Ich traf mich nach der Arbeit regelmäßig mit Marco.

An einem Abend im Herbst fragte er mich plötzlich: „Bella, könntest Du Dir vorstellen, das wir zusammen ziehen.

Ich möchte gern mehr Zeit mit Dir verbringen. Wir sollten auch endlich unseren Kollegen sagen, dass wir ein Paar sind!"

Ich hatte schon länger mit dieser Frage gerechnet und mich auch davor gefürchtet. Ich mochte Marco sehr. Er tat mir sehr gut. Aber ich konnte mir nicht vorstellen mit ihm mein Leben auf Dauer zu teilen. Er war manchmal wie ein großes Kind, der das Leben nicht so ernst nahm. Ich brauchte aber jemanden, dem ich vertrauen konnte und bei dem ich mich geborgen fühlte.

„Du lässt Dir lange Zeit mit der Antwort. Begeistert bist Du nicht davon, oder?" Marco wirkte enttäuscht.

Ich suchte nach den richtigen Worten.

„Es tut mir leid. Ich bin nicht bereit dazu. Ich weiß auch nicht, ob ich wieder einen Mann so ganz nah an mich heranlassen kann", antwortete ich.

„Ich will aber dieses ewige Versteckspiel nicht mehr!" Marco wurde laut.

„Ich habe keine Lust mehr, immer das Gefühl zu haben, dass ich ein Ersatz für Irgendjemand bin!" sagte er bestimmt.

„Mehr kann ich Dir aber nicht geben! Du weißt, das ich in meinem Leben schon viel Pech gehabt habe!" Ich musste schlucken, weil mir die Tränen kamen.

„Dann lass mich Dir helfen. Ich liebe Dich!" sagte Marco.

„Ich kann nicht. Ich glaube, dass es mir kein Mann recht machen kann und ich habe Angst wieder enttäuscht zu werden!"

„Du bist wirklich ein hoffnungsloser Fall!"

Marco war jetzt richtig wütend geworden. Als er aufstand und seine Jacke nahm, wollte ich ihn zurück halten. Aber dann ließ ich ihn gehen und wusste, dass ich ab sofort wieder allein war.

Marco kam in der nächsten Woche nicht zur Arbeit. Er meldete sich krank.

„Weißt Du was er hat?" fragte Daniela. Ich schüttelte den Kopf.

Ich war nicht erstaunt, als man mir in der nächsten Woche mitteilte, dass Marco gekündigt hatte. Ich konnte ihn verstehen. Wenn wir uns weiterhin jeden Tag im Kindergarten gesehen hätten, wäre es für uns Beide eine Qual gewesen.

Dann passierte aber etwas, mit dem ich niemals gerechnet hatte.

Nachdem mir morgens öfter übel war und ich Unterleibschmerzen hatte, ging ich zum Frauenarzt.

Als mir der Arzt mitteilte, dass ich schwanger bin, konnte ich es nicht glauben. Ich dachte immer, dass ich schuld daran war, keine Kinder bekommen zu können.

Ich schwankte zwischen einem unendlichen Glücksgefühl und panischer Angst.

Was sollte jetzt werden? Ich müsste Marco informieren, denn er war der Vater. Wollte ich überhaupt ein Kind? Mir gingen tausend Fragen durch den Kopf.

Ich saß zwei Tage in meinem Haus und wusste nicht, was ich tun sollte. Irgendwann hielt ich es nicht mehr aus und ich rief Svenja an.

„Hallo Bella! Schön, dass Du Dich auch mal meldest. Ist alles okay bei Dir?" fragte sie sofort.

Ich hatte ein schlechtes Gewissen, weil ich mich längere Zeit nicht bei Svenja gemeldet hatte. Nach der Trennung von Marco brauchte ich erstmal Zeit für mich. So lieb ich Svenja hatte, aber ich hatte keine Lust auf Diskussionen mit ihr.

„Ich brauche Deine Hilfe Svenja! Kannst Du zu mir kommen?" fragte ich leise.

„Ich bin gleich da!" sagte sie und legte auf, ohne meine Antwort abzuwarten.

Als Svenja bei mir eintraf hatte ich uns schon einen Kaffee gekocht.

Sie kam ins Wohnzimmer und warf sich gleich auf die Couch.

„Was ist los Bella? Du bist so blass. Bist Du krank?" wollte sie wissen.

„Ich habe mich von Marco getrennt. Schon vor ein paar Wochen. Er wollte mit mir zusammen ziehen und das konnte ich nicht. Deshalb ist er gegangen!" antwortete ich.

„Was?? Aber ihr wart doch so glücklich!" Svenja schaute entsetzt.

„Ich war schon lange nicht mehr glücklich!" sagte ich leise. „Es gab nur bessere Zeiten!"

„Jetzt brauche ich einen Schnaps! Willst Du auch einen?" fragte Svenja.

„Du kannst gern einen Schnaps trinken. Ich darf aber nicht!" antwortete ich.

„Du bist schwanger?" Svenja wusste sofort Bescheid.

Ich nickte, setzte mich neben sie und musste weinen. Svenja nahm mich in den Arm und streichelte mich hilflos.
„Mein Gott Bella! Das ist doch ein Wunder. Freust Du Dich denn nicht?"

„Ich bin Ende Dreißig und allein. Ich habe einen Selbstmordversuch hinter mir und ich bin Witwe. Da darf man schon mal verzweifeln!" Ich schluchzte laut.

„Du dummes Mädchen! Du bist nicht allein. Du hast mich und Simon. Du hast Deine Eltern und Freunde. Du brauchst nicht verzweifeln! Freu Dich lieber auf Dein Kind. Du hast es Dir doch schon so lange gewünscht!" antwortete Svenja.

„Aber es ist zur falschen Zeit passiert!" sagte ich.

„Ein Kind kommt nie zur falschen Zeit!" Svenja hatte sich in Rage geredet.

Sie ging an meine Bar und nahm sich einen Grappa. Sie kippte den Schnaps in einem Zug hinunter und goss sich gleich den nächsten ein.

„Weiß Marco es schon?" fragte Svenja, nachdem sie auch noch den zweiten Grappa getrunken hatte.

„Nein! Ich habe solche Angst es ihm zu sagen. Er wird sich vielleicht Hoffnungen machen, dass wir wieder zusammen sein werden!"

Ich stand auf und lief im Zimmer hin und her.

„Willst Du das denn wirklich nicht? Oder willst Du eine von den vielen Alleinerziehenden sein?" Svenja schaute ungläubig.

„Warum sollte ich es nicht allein schaffen? Du hast doch gerade selber gesagt, dass ich Familie und Freunde habe." Ich sah Svenja herausfordernd an.

Diese musste jetzt grinsen.

„Du hast mich gerade mit meinen eigenen Argumenten überzeugt! Komm mal zu mir!"

Ich setzte mich wieder neben Svenja auf die Couch.

„Du musst Dir klar darüber werden, wie es weitergehen soll. Aber denke immer daran, dass eine Abtreibung endgültig ist. Du kannst es niemals ungeschehen machen und ich weiß, Du würdest es später unendlich bereuen!"

„Ich habe mich doch eigentlich schon entschieden. Ich möchte dieses Kind. Aber ich habe auch Angst. Vor allem wie ich es Marco beibringen soll."

Svenja nickte.

„Es wird nicht besser, wenn Du es weiter vor Dir herschiebst! Ruf ihn an!" sie nahm mein Handy vom Wohnzimmertisch und reichte es mir.

Mein Herz klopfte bis zum Hals, als ich Marcos Nummer wählte.

Er meldete sich schon nach wenigen Sekunden.

„Bella? Was ist los?" fragte er genervt.

„Ich muss mit Dir reden. Ich habe etwas erfahren, was ich Dir sagen muss!" sagte ich leise.

„Was ist passiert? Ich habe wenig Zeit!" antwortete Marco.

„Ich mache es auch kurz!" sagte ich. „Ich bin schwanger!"

Es blieb ein paar Sekunden still, dann antwortete Marco: „Tja, dann haben wir jetzt ein Problem. Ich möchte keine Kinder. Habe ich das nicht gesagt? Mir reichen die Kinder, die ich im Job betreuen muss!"

Ich war wie vor den Kopf geschlagen. Ich schaute entsetzt zu Svenja, die das Gespräch mitgehört hatte.

Ohne noch einmal etwas darauf zu erwidern legte ich auf.

„Das war ja mal eine Ansage! Ich kann es nicht glauben!" Svenja war sichtlich geschockt.

„Ich nicht! Irgendwie habe ich mit dieser Reaktion gerechnet. Marco wird selbst immer ein Kind bleiben. Als Vater ist er ungeeignet!" antwortete ich traurig.

Svenja blieb an diesem Abend bei mir. Wir redeten fast die ganze Nacht und als ich am Morgen aufwachte, wusste ich was ich tun würde.

Teil 6

3 Jahre später

Benny lag in seinem Bettchen und spielte mit einem Stoffbären. Den hatte er von Marco geschenkt bekommen. Wir hatten seit Bennys Geburt wieder Kontakt. Er besuchte seinen Sohn regelmäßig und unterstützte mich auch finanziell.

Ich streichelte ihm über seine blonden Haare und gab ihm einen Kuss.

„Mama, Benny will raus!" sagte er und schaute mich erwartungsvoll an.

Ich hob ihn aus dem Bett und nahm ihn auf den Arm.

„Wollen wir auf den Spielplatz?" fragte ich und er lachte sofort über das ganze Gesicht.

Benny war ein fröhliches Kind. Er hatte immer gute Laune. Nur wenn er Hunger hatte, dann gab es kein Pardon.

Das hatte er von seiner Patentante Svenja. Die verstand beim Essen auch keinen Spaß.

Ich zog Benny die kurzen Jeansshorts und ein Ringelshirt an. Er versuchte seine Sandalen selbst anzuziehen, aber es gelang ihm nicht so richtig. Nachdem er den linken Schuh am rechten Fuß anziehen wollte, gab er auf.

Benny war jetzt zweieinhalb und wollte alles allein machen. Er hatte dabei eine Engelsgeduld. Aber jetzt, wo er wusste, dass wir zum Spielplatz gehen wollten, brauchte er meine Hilfe. Ich musste lächeln und war wahnsinnig stolz auf ihn.

Der Weg zum Spielplatz war nicht weit. Wir hatten den Eimer und eine Schaufel mitgenommen und steuerten auf den Sandkasten zu.

Benny flitze los, so schnell er das mit seinen kleinen Beinchen konnte und ließ sich in den Sand fallen. Ich setzte mich auf eine Bank neben dem Sandkasten und holte ein Buch aus meiner Tasche.

Nach einer Weile kam Franzi, eine Nachbarin und Freundin ebenfalls auf den Spielplatz. Ihr Sohn Florian stürmte direkt auf Benny zu. Die beiden spielten gern und oft miteinander.

Ich unterhielt mich eine Weile mit Franzi, da fragte Florian nach seinem Ball, den seine Mutter aus einem Korb holte.

Die beiden Jungen fingen an zu bolzen und quietschen dabei vor Freude. Ich sah auf einmal, wie der Ball in Richtung Straße rollte und Benny lief hinterher.

„Benny bleib stehen!" rief ich in Panik und stürzte hinter ihm her.

Ich sah einen großen PKW auf Benny zufahren und dann hörte ich nur noch quietschende Reifen.

Benny stand wie erstarrt auf der Straße. Der Wagen hielt nur wenige Zentimeter vor ihm.

Ich schrie auf und lief ebenfalls auf die Straße. Ich hob Benny sofort hoch.

„Benny, was machst Du denn? Du darfst nicht einfach auf die Straße laufen. Das ist so gefährlich!"

Benny verzog auf einmal das Gesicht und weinte herzzerreißend.

„Gott sei Dank! Es ist alles gut gegangen!" sagte auf einmal eine Stimme hinter mir. Ich wusste schon, bevor ich mich umdrehte, wem diese Stimme gehörte.

„Luca! Das kann doch nicht sein!" Ich war völlig verwirrt und noch geschockt von der Situation.

Benny weinte immer noch. Ich ging mit ihm auf den Bürgersteig.

„Warte bitte, ich stelle den Wagen nur kurz auf den Seitenstreifen!" sagte Luca.

„Wo kommst Du denn her? Ich wusste gar nicht, dass Du in Deutschland bist?" fragte ich.

„Ich erzähle Dir gleich alles!" Luca stieg in seinen Wagen und parkte auf einem freien Platz.

Luca und ich hatten zwar immer noch Kontakt, aber er war in den letzten Monaten abgebrochen. Ich hatte ihm natürlich erzählt, dass ich schwanger war. Danach meldete sich Luca nur noch sporadisch. Er gratulierte mir zu Bennys Geburt und besuchte mich noch einmal, als Benny ungefähr ein Jahr war.

Danach telefonierten wir noch einmal. Er erzählte mir, dass er seinen Sohn zu sich genommen hatte.

Sofia hatte einen anderen Mann kennengelernt, der nicht mit Damiano zurechtkam. Also wurde er kurzerhand zu Luca gebracht. Dieser war überglücklich. Endlich war die Angst vorbei, dass Sofia ihm seinen Sohn entziehen würde.

„Ich wollte Dich besuchen. Es sollte eine Überraschung sein!" sagte Luca, als er wieder neben mir stand.

Benny hatte sich wieder beruhigt und wollte wieder in den Sandkasten. Franzi, versprach auf ihn aufzupassen.

„Die Überraschung wäre ja beinah ins Auge gegangen!" antwortete ich, als wir uns etwas abseits auf eine Bank gesetzt hatten.

Luca strich mir eine Haarsträhne, die sich aus meinem Zopf gelöst hatte, aus meinem Gesicht und in mir kamen sofort wieder Erinnerungen hoch.

„Es ist ja alles gut gegangen. Ich habe Benny rechtzeitig gesehen!" Luca lächelte. „Er ist ja wirklich zuckersüß! Ganz die Mama!"

Jetzt lächelte ich auch.

„Er sieht mir wirklich sehr ähnlich!" antwortete ich. „Bist Du länger hier in Deutschland?"

„Diesmal ja! Wir haben vor hier eine Hotelkette aufzukaufen. Das hat Potential!"

„Ihr habt ja fast schon ein Imperium!" sagte ich. „Wie viele Hotels habt ihr denn mittlerweile?"

„Insgesamt zwölf. Vier in Deutschland und acht in Italien. Wenn es mit dem Kauf der anderen Hotels klappt sind es dann zwanzig", antwortete Luca stolz.

„Ach Du liebe Güte. Das macht bestimmt viel Arbeit!"

„Mittlerweile hat mein Vater sich zur Ruhe gesetzt, aber ich habe fähige Mitarbeiter!"

Ich nickte. „Was macht denn Lorenzo?"

Luca verdrehte die Augen.

„Er gibt unser Geld aus und macht sich ein schönes Leben. Zurzeit lebt er in Paris."

„Das heißt, dass seine Kunst keine Früchte trägt?" wollte ich wissen.

„Er verkauft hin und wieder eines seiner Werke. Aber davon kann er nicht Leben. Jedenfalls nicht in dem Stil, den er gewohnt ist! Er war immer der Lebenskünstler, im Gegensatz zu mir!" Luca schaute bekümmert.

Ich schaute ihn fragend an.

„Mir wächst das alles manchmal über den Kopf. Ich habe kaum Zeit für Damiano. Außerdem bleibt auch alles andere auf der Strecke."

„Wir haben Beide kein Glück in der Liebe!" sagte ich leise.

„Das kann man so nicht sagen! Wir haben nur ein furchtbar schlechtes Timing!" Luca schaute mir in die Augen.

Ich nickte, weil ich wusste, dass er Recht hatte.

„Wo wohnst Du denn? In einem Deiner Hotels?" fragte ich.

„Ich hatte es vor!" sagte Luca.

„Willst Du nicht bei uns wohnen? Ich habe jede Menge Platz!" fragte ich.

„Wenn ich Euch nicht störe sehr gern!" Luca schaute erstaunt und erfreut zugleich.

„Ich hoffe wir stören Dich nicht. Benny ist morgens schon sehr früh wach!" sagte ich lächelnd.

„Das macht nichts, ich werde auch früh los müssen. Ich freue mich sehr, dass Du mich eingeladen hast!"

Wir holten Benny unter Protest aus dem Sandkasten.

Er wollte unbedingt noch weiter spielen. Erst als Luca ihm ein Eis versprach, packte er sein Eimerchen und ging mit uns zu Lucas Auto.

„Auto hat fast bums gemacht!" sagte Benny plötzlich und wir mussten alle laut lachen.

„Du musst immer gut aufpassen. Diesmal ist ja alles gut gegangen!" sagte Luca und streichelte Benny über den Kopf.

„Ich will Schokolade!" antwortete Benny und nahm Lucas´ Hand.

Luca parkte das Auto vor meinem Haus. Dann gingen wir zu einer Eisdiele, die sich nur ein paar Straßen weiter befand.

Mit der Eistüte in der Hand ging Benny fröhlich neben uns her. Luca schaute mich von der Seite an. Als ich es merkte und mich zu ihm drehte, lächelte er wie damals, als wir uns das erste Mal gesehen hatten.

Luca holte zuhause seinen Koffer aus dem Wagen. Ich hatte ein großes Gästezimmer. Dort stellte er sein Gepäck ab.

„Soll ich uns was Leckeres kochen?" fragte ich.

„Ich muss gleich nochmal los und werde erst spät zurück sein!" antwortete Luca. „Morgen habe ich mehr Zeit! Dann sehr gerne!"

Nachdem ich Benny abends ins Bett gebracht hatte, setzte ich mich auf die Couch und schaute etwas fernsehen. Ich muss eingeschlafen sein, denn ich wurde wach, weil mir jemand zärtlich über die Haare strich.

„Du bist wunderschön wenn Du so entspannt bist!" flüsterte Luca. „Darf ich Dich küssen?"

Ich nickte und ließ es geschehen, dass er mein Gesicht streichelte und mich dann zärtlich küsste.

„Nur Benny darf Mama küssen!" hörte ich auf einmal Bennys verschlafene Stimme.

Luca und ich lachten laut. Diesmal hatte mein Sohn ein schlechtes Timing.

Wir brachten ihn wieder zurück ins Bett. Er trank noch etwas Tee und war ganz schnell wieder eingeschlafen.

Wir gingen zurück ins Wohnzimmer. Ich holte eine Flasche Rotwein aus dem Schrank und goss Luca und mir ein Glas ein.

„Auf uns! Und auf das Schicksal!" sagte Luca und schaute mir tief in die Augen.

Am nächsten Morgen hörte ich, dass Luca schon ganz früh im Gäste Badezimmer duschte. Ich stand auf und ging in die Küche. Ich kochte einen Kaffee und ging dann in mein Badezimmer.

Als ich wieder in die Küche kam, hatte Luca uns schon einen Kaffee eingeschüttet. Er kam auf mich zu und gab mir den Kaffeebecher.

„Guten Morgen Bella! Hast Du gut geschlafen?" wollte er wissen.

„Sehr gut, Du auch?"

Luca nickte. Er trank einen Schluck Kaffee, stellte den Becher auf den Tisch und küsste mich auf die Stirn.

„Ich muss leider los. Ich rufe von unterwegs an, wenn ich fertig bin. Steht das Angebot mit dem Kochen noch?"

„Natürlich! Wenn Du mutig bist!" sagte ich und lachte.

„Sind Deine Kochkünste so schlecht?" wollte Luca wissen.

Ich zuckte geheimnisvoll mit den Schultern.

„Bis später!" sagte ich.

Benny war normalerweise tagsüber im Kinderhort. Gestern hatte ich ihm versprochen den Tag mit ihm zu verbringen. Heute zog ich ihn nach dem Frühstück an und brachte ihn in den Hort. Er hieß „Teddyhaus" und Benny liebte es dort zu sein. Er hatte auch schon ein paar Freunde gefunden.

Nachdem ich mich von ihm verabschiedet hatte, ging ich einkaufen, weil ich mir für heute ganz was Besonderes vorgenommen hatte.

Zuhause angekommen packte ich alle Einkäufe in den Kühlschrank und versuchte Luca auf dem Handy zu erreichen. Für die Planung hätte ich gern gewusst, wann er zum Essen da sein würde. Luca ging nicht an sein Telefon.

Eine Viertelstunde später rief er zurück.

„Hallo meine Schöne! Du hast vorhin angerufen?" fragte er.

„Hallo Luca, ich wollte nur wissen, wann ich heute Abend mit Dir rechnen kann!" antwortete ich.

„Es sieht so aus, dass ich gegen zwanzig Uhr da sein kann. Der jetzige Hotelbesitzer wollte mich heute auch einladen, ich habe aber abgesagt. Ich möchte den Abend lieber mit Dir verbringen!" antwortete Luca.

„Das ist schön. Dann weiß ich ungefähr Bescheid. Benny bekommt dann vorher sein

Kindermenü, sonst wird es für ihn zu spät!"
sagte ich.

Ich konnte spüren, dass Luca am anderen Ende
lächelte.

„Dann bis nachher. Ich freue mich sehr!" Luca
legte auf und ich konnte ihm gar nicht mehr
sagen, dass ich mich auch freute.

Am Mittag holte ich Benny vom Hort ab. Wir
aßen eine Kleinigkeit und dann machte er seinen
Mittagschlaf. Am Nachmittag spielten wir
zusammen, dann wollte Benny unbedingt
baden. Er liebte es im warmen Wasser zu
plantschen. Allerdings sah das Badezimmer
danach immer aus wie ein Schlachtfeld.

Nachdem Benny seine Lieblingskindersendung
gesehen hatte, wurde er müde.

Er aß noch ein Butterbrot. Selbst dabei fielen
ihm schon fast die Augen zu.

Nachdem ich ihn ins Bett gebracht hatte, wurde
es Zeit zu kochen.

Es gab selbstgemachte Ravioli und als Hauptspeise Saltimbocca. Ich bereitete alles vor und wartete auf Luca. Kurz nach zwanzig Uhr hörte ich wie er die Tür aufschloss.

„Buonasera Luca!" sagte ich und nahm ihn in den Arm. „Wie ist es gelaufen?"

Luca schaute zufrieden.

„Es ist schon fast alles unter Dach und Fach. Nur über den Übernahmepreis müssen wir noch einmal reden. Es sieht aber gut aus!" sagte er.

„Was riecht denn hier so lecker?" fragte er neugierig.

„Mach Dich doch etwas frisch, dann können wir essen. Ich hoffe es schmeckt Dir!" antwortete ich.

Luca reckte den Kopf, um in die Küche zu schauen. Ich versperrte ihm aber die Sicht.

„Kleines Biest!" sagte Luca und ging in Richtung Gästezimmer.

In der Zwischenzeit deckte ich den Tisch und holte eine Flasche Wein aus dem Keller. Als ich die Kerzen anzündete, kam Luca zurück ins Wohnzimmer. Er hatte jetzt eine Jeans und einen leichten Pullover an. Er sah umwerfend aus. Mittlerweile hatte er schon ein paar graue Strähnen. Das machte ihn aber noch attraktiver.

Er setzte sich an den Tisch und goss uns ein Glas Wein ein.

Ich holte die Vorspeise, die selbstmachten Ravioli, aus der Küche und stellte die Teller auf den Tisch.

„Das sieht phantastisch aus. Sind die selbstgemacht?" fragte Luca.

Ich nickte stolz.

„Sie sind mit Frischkäse gefüllt, dazu gibt es eine Parmesansauce. Guten Appetit!"

Luca probierte die Ravioli und verdrehte genussvoll die Augen.

„Das ist ein Traum. Besser kann die nur mein Vater machen!" sagte er.

„Na ja, der ist ja auch Italiener. Ich würde nie behaupten, es besser zu können!" antwortete ich und lächelte.

„Es schmeckt aber besser als in manchen Restaurants!" Luca lächelte zurück.

„Vielen Dank! Jetzt bekommst Du auch noch die Hauptspeise!"

„Da habe ich aber Glück! Du bist ganz schön streng!" Luca nahm meine Hand.

„Es ist als ob wir nie getrennt gewesen sind. Immer wenn wir uns wiedersehen, frage ich mich, warum wir es nicht geschafft haben, ein Paar zu werden!" Luca schaute bedrückt.

„Vielleicht war es aber besser so. Wer weiß, ob es überhaupt mit uns geklappt hätte!" antwortete ich.

„Aber wir haben es ja nie versucht!"

Ich wusste was er meinte und auch, dass er Recht hatte.

„Meinst Du wir könnten es jetzt versuchen?"
wollte Luca wissen, bevor ich etwas erwidern
konnte.

„Wie soll das gehen? Du lebst mit Deinem Sohn
in Italien und ich habe mein Leben hier!" sagte
ich.

Luca schaute mir tief in die Augen.

„Wärst Du denn überhaupt dazu bereit,
unabhängig von dieser Tatsache?"

„Ich weiß es nicht!" sagte ich und stand auf, um
die Teller abzuräumen.

„Denk doch bitte mal darüber nach. Ich glaube
es ist unsere letzte Chance!" Luca flüsterte die
letzten Worte.

Ich wusste, was er damit meinte, aber ich hatte
Angst. Angst vor der Veränderung und einer
weiteren Enttäuschung.

Luca folgte mir in die Küche.

„Soll ich Dir helfen?" fragte er.

„Du könntest uns nochmal Wein nachschenken!" antwortete ich.

Ich verteilte die Speisen auf unseren Tellern und kam zurück ins Wohnzimmer. Luca saß etwas bedrückt am Tisch. Als er die Hauptspeise sah, hellte sich sein Gesicht auf.

„Du kannst ja richtig gut kochen!" sagte er bewundernd. „Du überraschst mich immer wieder!"

Wir aßen eine Weile schweigend.

„Schmeckt es Dir?" wollte ich wissen.

„Es schmeckt wunderbar. Es war eine gute Entscheidung heute bei Dir zu essen statt in einem Restaurant!" antwortete Luca.

Er machte aber einen abwesenden Eindruck.

Später deckte ich den Tisch ab und holte unser Dessert. Ich hatte ein Sorbet gemacht, das ich jetzt mit Champagner aufgoss.

Luca machte große Augen.

„Du hast Dich heute selber übertroffen!" sagte er zufrieden.

„Ich freue mich, dass es Dir geschmeckt hat!"

Ich zeigte auf meine Couch.

„Wollen wir das Dessert hier essen? Da ist es gemütlicher!" fragte ich.

Wir nahmen die Dessertgläser und setzten uns nebeneinander auf meine Couch.

„Du hast mich doch gefragt, ob ich mir vorstellen könnte, mit Dir zusammen zu leben!" sagte ich nach einer Weile.

„Ich wünsche es mir einfach so sehr!" flüsterte Luca.

„Wie hast Du Dir das denn vorgestellt? Willst Du hier leben oder ich in Italien?" wollte ich wissen.

„Ich habe schon oft darüber nachgedacht. Für Damiano würde es schwer werden umzuziehen.

Er spricht zwar Deutsch, aber er hat dort alle seine Freunde und die Schule. Außerdem ist er jetzt in der Pubertät, dass macht es nicht einfacher. Vielleicht wäre es für Euch leichter in Italien zu leben. Benny ist so klein und findet bestimmt schnell neue Freunde!"

„Du vergisst, dass ich kaum italienisch spreche. Für mich wäre es auch ein großer Schritt ins Ungewisse wenn ich alles hier aufgebe!" antwortete ich.

Luca nickte und rutschte zu mir. Er nahm mir das Dessert aus der Hand und stellte es auf den Tisch.

„Bella, ich glaube das ist die letzte Möglichkeit für uns. Ich weiß nicht wie lange ich diesen Zustand noch aushalten kann. Wenn Du uns jetzt keine Chance gibst, dann werde ich mich nicht mehr bei Dir melden. Ich kann das nicht mehr. Ich liebe Dich zu sehr, um immer zu hoffen und dann enttäuscht zu werden!"

„Das ist ja Erpressung!" sagte ich. Mein Herz klopfte bis zum Hals bei der Vorstellung, dass ich Luca vielleicht nie wieder sehen würde.

„Ich will Dich nicht erpressen, aber Du musst endlich aus Deinem Schneckenhaus kommen wenn Du mich auch liebst. Trau doch Deinen Gefühlen und entscheide Dich für mich!" flehte Luca

Ich sah in seine Augen, die mich schon bei unserem ersten Treffen so fasziniert hatten und sagte mit zitternder Stimme: „Ich liebe Dich seit dem Moment als Du auf der Autobahn plötzlich neben mit gestanden hast. Vielleicht sollte ich dem Schicksal doch endlich mal eine Chance geben!"

„Wirklich? Heißt das Du kommst zu mir nach Italien?" fragte Luca atemlos.

Ich nickte und dann zog Luca mich in seine Arme. Ich hatte immer noch Angst, aber ich war fest entschlossen, Luca nach Italien zu folgen.

In dieser Nacht vergaß ich alles um mich herum. Es war wie im Traum und irgendwann schlief ich in Lucas´ Armen ein.

Am Morgen platzte Benny ganz früh in mein Schlafzimmer. Er krabbelte ganz selbstverständlich zwischen Luca und mich.

Dann sagte er: „Das ist mein Bett. Und Mamas! Warum hast Du hier geschlafen?"

Luca grinste und sagte: „Weil ich Deine Mama sehr lieb habe und auf sie aufpassen muss!"

„Passt Du auch auf mich auf?" fragte Benny

„Das mache ich sehr gern, wenn Du das möchtest!" antwortete Luca.

Benny überlegte kurz.

„Aber mein Bett ist zu klein für Dich. Darf ich dann immer hier bei Euch schlafen?" fragte Benny hoffnungsvoll.

Luca und ich mussten lachen.

„Na dann überleg mal, wie Du aus dieser Nummer wieder rauskommst!" sagte ich.

Luca überlegte kurz.

„Wir machen das so Benny! Immer wenn Du morgens wach, wirst kommst Du zu uns. Dann passe ich auf Euch beide auf!"

Benny war nicht so ganz zufrieden mit der Antwort. Er kratzte sich am Kopf und sah mich fragend an.

„Ich finde, das ist eine gute Idee!" sagte ich und nahm Benny in den Arm.

Er kuschelte sich an mich und drehte sich dann zu Luca um.

„Na gut. Du kannst bleiben!"

Benny stand wieder auf und holte seinen Stoffbären ins Schlafzimmer. Er drückte ihn Luca in die Hand, legte sich zwischen uns und war augenblicklich wieder eingeschlafen.

„Da habe ich aber einen starken Konkurrenten!" sagte Luca lachend.

Ich musste lächeln.

„Und mit Sex ist jetzt auch erstmal Schluss!" antwortete ich.

„Worauf habe ich mich nur mit Euch eingelassen?" Luca verdrehte theatralisch die Augen.

„Das hast Du Dir selbst eingebrockt! Aber heute Nacht mache ich alles wieder gut!" sagte ich leise.

Luca beugte sich über mich und küsste mich zärtlich.

„Na dann beeile ich mich, damit ich heute Abend schnell wieder bei Dir bin!" antwortete er und stand dann vorsichtig auf, um Benny nicht zu wecken.

Luca verließ kurze Zeit danach das Haus. Benny schlief immer noch. Als ich aufstehen wollte wurde er wach.

„Ist Luca arbeiten?" fragte er gleich.

„Ja er ist schon weg. Möchtest Du Frühstück?" fragte ich.

Benny krabbelte aus dem Bett und ging ins Badezimmer. Das Zähneputzen machten wir immer gemeinsam. Ich musste ihm noch dabei helfen. Dann zog ich Benny an und kochte ihm einen Kakao.

Sein Lieblingsfrühstück war ein Marmeladenbrot und eine halbe Banane. Was anderes mochte er nicht. Dazu trank er seinen Kakao.

„Du hast wieder einen Schokoladenschnurrbart!" sagte ich und lachte.

Das war morgens immer unser Ritual. Benny lief dann in den Flur und schaute in den Spiegel.

„Heute ist der Schnurrbart ganz groß!" sagte er zufrieden.

Nachdem ich Benny in den Hort gebracht hatte telefonierte ich mit Svenja.

Ich konnte es kaum abwarten, ihr zu erzählen, was passiert war.

„Hast Du Zeit nachher zu mir zu kommen?" fragte ich.

„Die Kinder sind alle in der Schule. Ich mache mich gleich auf den Weg!"

Svenjas Kinder waren jetzt schon dreizehn, elf und neun Jahre alt. In den letzten Monaten beklagte sich Svenja oft, dass die Kinder sie nicht mehr brauchten. Sie war Zuhause und ihr fiel die Decke auf den Kopf.

„Ich habe eine Midlife Krise!" sagte sie neulich. „Ich brauche eine Aufgabe, sonst esse ich nur noch und werde immer dicker!"

Sie war die letzten Monaten wirklich ziemlich rundlich geworden und dadurch noch unzufriedener.

„Ich habe Angst, dass Simon mich nicht mehr so sexy findet wie früher. Schau mal meinen dicken Hintern an!" hatte sie zuletzt noch gejammert.

Da brauchte sie keine Angst zu haben. Simon war immer noch verrückt nach ihr.

Als es klingelte, ging ich zur Tür und ließ Svenja hinein.

„Möchtest Du was trinken? Vielleicht einen Kaffee?" fragte ich.

Svenja entschied sich für ein Glas Wasser. „Ich hatte heute schon drei Tassen Kaffee. Ich muss auf meinen Blutdruck aufpassen!" Svenja stöhnte.

„Gibt es was Neues? Hast Du ein Problem?"
wollte sie wissen.

„Es gibt was Neues! Rate mal, wer in
Deutschland ist!" sagte ich.

„Luca natürlich! Sonst würdest Du nicht so
glücklich aussehen!" Svenja wusste gleich
Bescheid.

Ich erzählte ihr, dass Luca geschäftlich hier in
Deutschland sei. Ich verriet ihr auch, dass er bei
mir wohnte.

„Er wohnt hier? Hat er Dich überfallen und sich
einfach hier einquartiert?" Svenja schaute
ungläubig.

„Ich habe ihn eingeladen!" sagte ich stolz.

„Das kann ich kaum glauben! Du willst doch
sonst keinen in Deiner Nähe. Was hat Dich
umgestimmt?"

„Mir ist klar geworden, dass ich nicht ewig
warten kann. Es wäre auch unfair Luca
gegenüber. Wenn wir jetzt nicht endlich

versuchen zusammen zu sein, dann wird es keine weitere Chance geben", antwortete ich.

„Das glaube ich auch! Mich hat es sowieso immer gewundert, wie lange Luca auf Dich gewartet hat. Er muss Dich wirklich sehr lieben!" sagte Svenja.

Sie nahm mich in den Arm.

„Trau Dich endlich glücklich zu sein. Es wäre auch für Benny schön einen Vater zu haben. Marco ist und bleibt ja selbst ein Kind. Das hast Du damals richtig vermutet!"

„Es gibt aber auch ein Problem!" sagte ich leise. „Luca möchte, dass Benny und ich zu ihm nach Italien ziehen!"

Svenja schaute mich entsetzt an.

„Du willst hier wegziehen? Hast Du Dir das gut überlegt. Das ist ein riesiger Schritt. Und was wird aus uns? Ich möchte gar nicht darüber nachdenken!" schluchzte Svenja.

„Ach Svenja. Hast Du nicht immer gesagt, dass ich auch mal was riskieren soll?

Du warst doch immer die Draufgängerin und ich der Angsthase. Jetzt ist es wohl umgekehrt!" versuchte ich sie aufzuheitern. Aber mir war selbst zum Heulen zumute.

„Ich muss das erstmal sacken lassen. Hast Du einen Schnaps? Oder Schokolade?" fragte Svenja.

Ich musste schmunzeln.

„Wie wäre es mit Beidem?" fragte ich.

Svenja knabberte an der Schokolade und kippte den Schnaps hinterher.

„Ich kann es immer noch nicht glauben, dass Du hier alles hinter Dir lassen willst! Aber ich bewundere auch Deinen Mut. Luca und Du, ihr seid füreinander bestimmt. Ich hoffe nur, dass Du Dich in Italien wohlfühlst."

„Ich werde mein Haus nicht verkaufen. So habe ich immer die Möglichkeit wenigstens hierher zurück zu kommen. Vielleicht werde ich es erstmal auf Zeit vermieten.

Für mich ist viel wichtiger, dass es Benny gut geht", antwortete ich.

„Benny geht es überall gut wo Du bist! Er ist noch klein genug um so einen Umzug eher als Abenteuer anzusehen. Und Kinder in seinem Alter lernen eine neue Sprache viel einfacher als wir!" Svenjas Worte machten mir Mut.

Als wir uns eine Stunde später verabschiedeten hatte Svenja Tränen in den Augen.

„Du kannst mich jederzeit besuchen. Oder ich komme nach Deutschland. Der Flug dauert doch keine zwei Stunden." sagte ich und drückte Svenja ganz fest.

Sie schniefte und winkte mir noch einmal. Dann stieg sie in ihr Auto und fuhr davon.

Da es heute schön warm war, deckte ich den Tisch auf der Terrasse. Benny war heute bei seinem Vater Marco. Einmal in der Woche holte er ihn vom Hort ab und verbrachte den Tag mit ihm. Benny blieb dann auch über Nacht bei ihm.

Ich hatte Antipasti vorbereitet. Dazu hatte ich einen Weißwein kühl gestellt.

Als ich gerade aus dem Badezimmer kam, öffnete Luca die Tür.

„Ciao Bella!" sagte er und küsste mich zärtlich und dann schafften wir es gerade noch bis ins Schlafzimmer.

Nachdem wir erschöpft nebeneinander lagen, fragte Luca lachend: „Wo ist denn eigentlich Benny, der kleine Störenfried!"

Ich grinste. „Der ist bei seinem Papa. Er schläft auch heute dort!"

„Yippie, dann haben wir ja sturmfreie Bude!"

Luca nahm mich in den Arm und wir kuschelten eine Weile. Dann zogen wir uns etwas über und gingen auf die Terrasse. Ich holte die Speisen, die ich vorbereitet hatte und zwei Gläser.

„Es ist hier heute fast so wie in Italien. Ich liebe diese lauen Abende!" sagte Luca und prostete mir zu.
„Auf uns!" sagte er. „Ti amo!"

„Ich liebe Dich auch!" antwortete ich und war mir auf einmal ganz sicher, dass es die richtige Entscheidung war, mit Luca mein weiteres Leben zu verbringen.

Luca blieb noch ein paar Tage länger bei mir, als er eigentlich geplant hatte. Wir mussten uns über so viele Dinge Gedanken machen. Wo wollten wir leben und wann musste ich meine Sachen packen! Darüber waren wir uns relativ schnell einig. So schnell wie möglich und am liebsten am Gardasee. Dort wohnte auch Lucas´ Vater. Er lebte, nachdem er sich aus der Firma zurückgezogen hatte, in der Nähe des Sees in einem riesigen Haus. Luca hatte mir Fotos gezeigt und ich war gleich begeistert.

„Es wäre auch schön, wenn mein Vater Benny kennenlernt. Er liebt Kinder. Mit Damiano kommt er auch super zurecht. Im Gegensatz zu mir. Seit er in der Pubertät ist, macht er Probleme. Er lässt sich nichts mehr sagen und weiß alles besser." Luca stöhnte leise.

„Wo wohnt ihr denn jetzt?" fragte ich.

„Damiano wohnt bereits bei meinem Vater am See. Er ist in der Woche in einer Privatschule mit Internat in Verona. Am Wochenende kommt er immer nach Hause!" antwortete Luca.

„Ich bin ja meisten unterwegs und wohne dann in den verschiedenen Hotels. Aber das soll sich bald ändern. Ich will nicht mehr so viel reisen, sondern bei Dir und den Kindern sein!"

Ich nahm Luca in den Arm und küsste ihn.

„Der Gardasee soll wunderschön sein!" schwärmte ich.

„Nicht so schön wie Du! Aber Du hast Recht. Man hat dort alles, den See, die Berge und ein sehr schönes Klima!" sagte Luca und streichelte dabei mein Gesicht.

Ich hatte mich schon im Internet informiert wo Lucas´ Vater lebte. Die Gegend am Gardasee und die Tatsache, dass man dort durch die vielen Touristen auch deutsch sprach, gefielen mir sofort. Außerdem war es nicht so weit entfernt. Man war mit dem Flugzeug in knappe zwei Stunden in Deutschland.

Ich rief, nachdem Luca wieder zurück nach Italien gefahren war, meine Eltern an und lud sie für das nächste Wochenende ein, um ihnen die Neuigkeiten mitzuteilen.

Es würde nicht leicht für die Beiden sein. Vor allem würden sie mir abraten mit Luca zusammen zu ziehen. Sie wussten noch zu genau, wie schlecht es mir damals ging, als ich überstürzt aus Italien abgereist war.

„Oma und Opapa sind da!" schrie Benny, als er am nächsten Wochenende meine Eltern aus dem Auto steigen sah.

Er versuchte die Haustür zu öffnen, kam aber nur mit den Fingerspitzen an die Türklinke. Ich half ihm und er rannte sofort auf meine Mutter zu.

„Hallo mein kleiner Schatz!" rief meine Mutter. „Du bist ja schon wieder gewachsen!"

Mein Vater hatte einen Blumenstrauß in der Hand und umarmte mich lange.
„Die sind für Dich! Deine Lieblingsblumen!" sagt er und strahlte.

„Ich liebe Lilien! Vielen Dank Papa!" antwortete ich. „Kommt doch rein!"

Wir gingen nach draußen auf die Terrasse. Es war ein schöner, warmer Tag.

Benny lief aufgeregt abwechselnd zu seiner Oma und Opa. Natürlich hatten sie ihm auch wieder etwas mitgebracht. Benny riss das Geschenkpapier von einem Karton und schaute mich fragend an.

„Das ist ein Puzzle. Ich zeige Dir was man damit macht!" sagte dann mein Vater. „Komm Benny, das ist ganz leicht!"

Ich ging mit meiner Mutter in die Küche und stellte erst einmal die Blumen in eine Vase. Dann kochte ich Kaffee. Ich hatte einen Kuchen gebacken, den meine Mutter jetzt in Stücke schnitt.

„Bevor wir gleich wieder rausgehen, möchte ich Dich etwas fragen! Es hat doch seinen Grund warum Du uns heute eingeladen hast. Ich habe so ein komisches Gefühl!" sagte meine Mutter und machte ein unglückliches Gesicht.

„Du hast Recht, es gibt eine Neuigkeit. Und es wird Euch wahrscheinlich nicht gefallen!" antwortete ich.

„Du willst nach Italien ziehen!" sagte meine Mutter leise.

„Woher weißt Du das?" fragte ich erstaunt.

„Benny ist ein Plappermäulchen. Er hat letzte Woche, als er bei uns war, gesagt: „Mama schläft jetzt mit Luca im Bett und will nach Tialien!"

Er hat es nicht richtig ausgesprochen, aber wir wussten natürlich gleich Bescheid. Seit wann bist Du denn wieder mit Luca zusammen?"

Benny hatte doch einiges mitbekommen von dem, was Luca und ich besprochen hatten.

Ich erzählte meiner Mutter, dass Luca zuletzt in Deutschland war und dann auch bei mir gewohnt hatte.

Sie schüttelte immer wieder den Kopf und sagte dann: „Kind, Du musst wissen was Du machst. Wir stehen immer zu Dir, aber das wir Benny dann nur noch selten sehen werden, bricht uns das Herz!"

Ich nahm meine Mutter in den Arm. Uns beiden kamen die Tränen.

„Mir fällt es auch unbeschreiblich schwer hier alles hinter mir zu lassen, aber ich liebe Luca und es wird Zeit, dass wir dem Schicksal endlich eine Chance geben!"

Meine Mutter putze sich die Nase. Ihre Augen waren gerötet. Dann nahm sie meine Hand.

„Komm mein Schatz! Wir sagen es noch deinem Vater, obwohl er es ja auch schon geahnt hat!"

„Wir sind ja nicht aus der Welt. Ein Flug nach Italien dauert zwei Stunden und ihr könnt dann kostenlos Urlaub machen. Ist doch auch nicht schlecht!" versuchte ich zu scherzen.

Im Garten hörten wir Geschrei. Mein Vater spielte mit Benny Fußball und warf sich gerade auf den Boden.

Er tat so, als hätte Benny ihn fürchterlich gefoult und hielt sich das Knie. Benny ließ sich aber nicht beirren. Er schoss den Ball ins Blumenbeet und schrie: „Tor für Deutsland!"

Ein paar Monate später war es dann endlich soweit. Meine Eltern waren in der Zwischenzeit in mein Haus gezogen. So konnten sie die Miete sparen und ich hatte jemanden der aufpasste und den Garten pflegte. Meine Mutter war sofort bereit diese Arbeit zu übernehmen. Bisher wohnten sie in einer Wohnung mit Balkon.

Am Abend vor unserer Abreise besuchte ich mit Benny nochmal Svenja und Simon.

Es war ein schöner aber bedrückender Abend. Wir wussten, dass die Möglichkeit sich einfach mal zu treffen vorbei war.

„Unsere Freundschaft kann nichts trennen Svenja. Wir werden telefonieren bis die Ohren glühen und uns regelmäßig sehen. Ihr könnt uns jederzeit besuchen und euren Kindern wird es sicher am Gardasee gefallen."

Svenja nahm mich in den Arm und weinte leise. Auch mir war zum Heulen zumute.

„Wir werden so oft nach Italien kommen, dass Du Dir noch wünschen wirst, dass wir wieder heimfahren!" Svenja schniefte und versuchte zu grinsen.

Es wurde Zeit Abschied zu nehmen. Benny war auf der Couch in meinem Arm eingeschlafen. Ich hob ihn vorsichtig hoch und trug ihn ins Auto. Dann lagen Svenja, Simon und ich uns noch eine Weile in den Armen. Keiner wollte den anderen loslassen, aber irgendwann löste ich mich und sagte leise:

„Jetzt beginnt für mich ein neuer Lebensabschnitt. Drückt mir die Daumen, dass es die richtige Entscheidung war!"

Teil 7

Ein Jahr später

Die letzten Monate waren für Luca und mich die aufregendsten und schönsten unseres Lebens.

Ich hatte mich am Gardasee sofort wohlgefühlt. Das große Haus mit Blick auf den See bot genug Platz für uns alle.

Vincenzo, Lucas´ Vater, wohnte im Dachgeschoß, dazwischen waren die Zimmer für Benny und Damiano und im Erdgeschoß war unsere Wohnung. Luca überließ es mir sie so einzurichten wie es mir gefiel. Dadurch fühlte ich mich bald zuhause.

Benny und sein Opa, den er Vinzo nannte, waren ein Herz und eine Seele. Vincenzo konnte zwar gut Deutsch, aber er sprach mit Benny viel italienisch. Dadurch lernte er schnell und konnte bald in den Kindergarten gehen. Dort fand er schnell Freunde.

In der ersten Zeit fragte er oft nach meinen Eltern und Svenja mit ihrer Familie. Immer wenn er Sehnsucht hatte, und ich natürlich auch, flogen oder fuhren wir nach Wiesbaden. Das hatte mir sehr geholfen mein Heimweh zu überwinden.

Den einzigen Schatten über unsere Liebe warf Damiano. Er war zwar unterhalb der Woche im Internat, aber am Wochenende kam er nach Hause. Er redete die ersten Wochen gar nicht mit mir. Für ihn war ich ein Eindringling, den er wieder loswerden wollte. Ich versuchte freundlich zu bleiben, aber als ich merkte, dass er Benny ständig ärgerte, stellte ich ihn zur Rede.

„Es ist okay, wenn Du Dich erst an uns gewöhnen musst. Das geht Benny und mir genauso mit Dir. Aber ich kann es nicht akzeptieren, wenn Du Benny rumschubst und ärgerst. Er ist ein kleines Kind und weiß nicht, warum Du so aggressiv zu ihm bist!" sagte ich.

Damiano ballte die Fäuste und sagte dann wütend: „Ich hasse Dich! Mein Vater hat meine

Mutter damals wegen Dir verlassen und jetzt drängst Du Dich auch noch in unsere Familie!" sagte er und ging dann einfach aus dem Zimmer.

Ich war wie vor den Kopf geschlagen und wusste nicht, was ich dazu sagen sollte. Zuerst wollte ich Luca informieren, dann tat ich es aber doch nicht. Damiano war in der Pubertät und ich hoffte, dass er uns irgendwann akzeptierte.

Ich versuchte mit Hilfe von Vincenzo ebenfalls italienisch zu lernen. Mir fiel es aber viel schwerer als Benny.

„Mach Dir keine Sorgen! Du lernst das auch noch. Und hier am See kommst Du mit Deutsch und Englisch immer weiter!" sagte Vincenzo vor ein paar Tagen, als ich über meine Fortschritte so unzufrieden war.

Ich mochte Lucas´ Vater sehr. Er war ein gutmütiger und fröhlicher Mann. Nur wenn er von Sonja, Lucas´ verstorbener Mutter sprach, merkte man, dass er ihr immer noch nachtrauerte.

„Vincenzo, ich brauche mal deinen Rat!" sagte ich, als wir abends zusammen auf der Terrasse saßen.

„Ich kann mir schon denken um was es geht!" antwortete er. „Es ist wegen Damiano, stimmt's?"

Ich nickte traurig.

„Ich glaube er hasst mich! Er hat letztens sehr aggressiv auf mich reagiert. Ich weiß nicht, wie ich mit ihm umgehen soll!"

Vincenzo kratzte sich am Kopf. Ich merkte, dass er nach Worten suchte.

„Du hast Recht Bella. Damiano kann nicht vergessen, dass Luca damals seine Mutter wegen Dir verlassen hat. Er leidet sehr darunter, dass Sofia ihn jetzt einfach hierher abgeschoben hat. Auch wenn er sich hier sehr wohl fühlt, er fühlt sich allein gelassen. Luca hat auch eine Mitschuld. Er war bisher immer viel unterwegs und hat Damiano eigentlich mir überlassen!" sagte Vincenzo traurig.

„Aber Luca hat diese Sofia doch nicht wegen mir verlassen. Er hat mir mal erzählt, er hätte sie auch so nie geheiratet!" antwortete ich.

„Das weiß Luca aber nicht. Seine Mutter hat ihm immer wieder diese Story von der bösen deutschen Frau erzählt, die Schuld ist, dass Luca sie nicht geheiratet hat!" Vincenzo machte ein hilfloses Gesicht. „Auch Luca glaubt er jetzt nicht mehr!"

„Also kann ich eigentlich gar nichts machen?" fragte ich.

Vincenzo schüttelte den Kopf.

„Habt einfach Geduld. Irgendwann wird er es auch begreifen, dass seine Mutter eine Egoistin ist. Sie hat ihn einfach weggeschickt, weil er ihrem neuen Mann lästig war!"

Ich musste einsehen, dass Vincenzo Recht hatte. Ich musste ihm Zeit lassen und mehr Verständnis haben. Am Wochenende würde Damiano wieder nach Hause kommen. Dann wollte ich nochmal mit ihm reden.

Luca war ein paar Tage auf Sizilien um in einem Hotel nach dem Rechten zu sehen. Das Hotel dort musste renoviert werden und Luca mit verschiedenen Firmen verhandeln. Am Freitagmittag war er wieder Zuhause.

„Hallo mein Liebling! Endlich bin ich wieder bei Dir!" sagte er, als ich ihm entgegenlief.

Benny hatte auch gehört, dass Luca wieder Zuhause war. Er kam sofort angelaufen und nahm Lucas´ Hand.

„Luca giocare con me?" fragte er auf Italienisch.

Ich schaute verständnislos. Mittlerweile verstand ich mein eigenes Kind nicht mehr.

„Ich spiele gleich mit Dir Benny, lass mich erstmal ausruhen und etwas essen!" antwortete Luca.

Jetzt verstand auch ich.

Luca brachte seinen Koffer ins Haus und ging erst einmal unter die Dusche. Dann spielte er mit Benny Fußball und setzte sich später zu mir auf die Terrasse.

Ich hatte dort schon den Tisch für alle gedeckt. Damiano musste auch bald eintreffen.

Es wurde immer später, aber Damiano kam nicht. Luca schaute ständig auf die Uhr und wurde immer nervöser. Seine Stimmung schwankte zwischen Sorge und Wut.

„Wo kann er denn sein?" wollte ich wissen. „Vielleicht ist er bei einem Freund?"

„Ich habe schon zehnmal versucht ihn auf dem Handy zu erreichen. Er meldet sich nicht. Ich habe auch schon in der Schule angerufen. Dort ist er pünktlich nach dem Unterricht gegangen. Er hat sich bei seinem Lehrer abgemeldet!"

„Er hat bestimmt die Zeit vergessen und ist noch unterwegs!" antwortete ich.

„Ich hoffe nicht, dass er uns nur nerven will. Zurzeit traue ich ihm alles zu!" Luca war angespannt.

Es wurde langsam dunkel und jetzt bekam auch ich Angst. Ich ging zu Vincenzo und bat ihn auch nochmal Damiano zu erreichen. Vielleicht ging er an sein Handy wenn er sah, dass sein Opa anrief. Aber auch er hatte keinen Erfolg.

Als Damiano gegen Mitternacht immer noch nicht da war, rief Luca die Polizei an. Dort vertröstete man ihn. Wir sollten noch abwarten. Jugendliche seien öfter mal mit Freunden unterwegs ohne die Eltern zu informieren.

Das tröstete uns nicht. Wir konnten in dieser Nacht alle nicht schlafen. Selbst Benny wurde wach. Er hatte auch mitbekommen, dass etwas nicht in Ordnung war.

„Wo ist Damiano? Bei seiner Mama?" fragte er.

Auf diese Idee waren wir bis dahin noch gar nicht gekommen. Luca rief, obwohl es mitten in der Nacht war, bei Sofia an.

Diese meldete sich verschlafen und war wenig daran interessiert wo ihr Kind abgeblieben war. Zu Luca sagte sie, dass er Damiano mehr Freiheit geben solle und dann legte sie einfach wieder auf. Ich war entsetzt. Wie konnte eine Mutter nur so reagieren?

Irgendwann in den Morgenstunden schliefen Luca und ich auf der Couch ein.

Vincenzo weckte uns in der Frühe. Er hatte Kaffee gekocht.

„Ich werde verrückt, wenn wir nicht bald etwas von dem Kind hören. Ich mache mir solche Sorgen!" sagte er.

„Es wird schon nichts passiert sein. Wahrscheinlich steht er gleich vor der Tür und wundert sich, dass wir uns Sorgen machen!" antwortete ich um ihn zu trösten.

Luca hielt es nicht mehr Zuhause aus. Er wollte zur Polizei fahren um dort eine Vermisstenanzeige aufzugeben.

„Soll ich mitkommen?" fragte ich.

Luca schüttelte den Kopf.

„Bleib Du lieber hier bei Benny. Wenn Damiano auftaucht dann ruf mich bitte sofort auf!"

„Natürlich Schatz!" Ich gab Luca einen Kuss. „Ich melde mich sobald es etwas Neues gibt!"

Damiano blieb verschwunden. Er tauchte das ganze Wochenende nicht auf und am Montag erschien er auch nicht im Internat. Die Polizei hatte mittlerweile mit der Suche nach ihm begonnen. Am Montag kam ein Ermittler zu uns. Er bat um ein aktuelles Foto und um Telefonnummern seiner Freunde.

Luca konnte vor Angst und Sorge gar keine vernünftige Aussage machen. Die Polizei suchte in Damianos Zimmer nach irgendwelchen Hinweisen und nahm das Notebook mit.

Ich wusste nicht wie ich Luca helfen konnte. Er machte sich wahnsinnige Vorwürfe, dass er nicht versucht hatte Damianos Probleme ernst zu nehmen.

„Was hättest Du denn tun sollen? Er hat doch gar nicht mit uns geredet. Allerdings warst Du wirklich beruflich viel unterwegs und ein Internat ist vielleicht auch nicht der richtige Ort für einen Jungen, der von seiner Mutter abgeschoben wurde!" sagte ich leise.

„Das ist es ja was mich verrückt macht. Wenn er wieder auftaucht, dann muss ich unbedingt mit ihm reden und ihn fragen was ihn so bedrückt!"

Als die Polizei wieder das Haus verlassen hatte, ging ich noch einmal in Damianos Zimmer. Es war der typische Raum eines Jugendlichen der auf Autos und Rockbands stand. Ich setzte mich auf das Bett und schaute mich um.

Im Regal waren Damianos Schulbücher. Eins davon stand etwas schief. Ich nahm es und wollte es wieder zwischen die anderen Bücher schieben. Als ich es durchblätterte fiel ein Foto auf den Boden. Ich hob es auf und war erstaunt. Auf dem Foto war ein hübsches Mädchen zu sehen.

Die Kleine war in etwa in Damianos Alter und lachte in die Kamera. Im Hintergrund konnte man ein Gebäude erkennen, das aussah wie eine Schule.

Ich ging hinunter zu Luca und berichtete, was ich gefunden hatte.

„Das ist doch Giulia, eine Klassenkameradin von Damiano! Ihren Eltern gehört hier das große Restaurant direkt unten am Jachthafen!" sagte Luca als ich ihm das Foto zeigte.

„Sind die beiden ein Paar?" fragte ich.

„Warum hat er wohl sonst ein Foto von ihr! Er hat es wahrscheinlich versteckt, damit wir es nicht erfahren. Er macht ja alles immer allein mit sich aus!"

Luca schaute traurig.

„Vielleicht ist er bei Ihr? Ruf doch gleich mal ihre Eltern an!" sagte ich.

Luca nahm sofort sein Handy und wählte die Nummer des Restaurants. Es dauerte einen Moment, dann wurde er mit dem Vater von Giulia verbunden.

Luca sprach auf Italienisch mit ihm, so konnte ich leider nicht verstehen über was gesprochen wurde. Nach einer Weile legte Luca auf und sagte:

„Damiano und Giulia waren tatsächlich zusammen. Ihre Eltern wussten Bescheid. Anscheinend hat das Mädchen letzte Woche mit Damiano Schluss gemacht. Sie ist jedenfalls wieder im Internat!"

„Er hat Liebeskummer! Hoffentlich macht er keine Dummheiten!" sagte ich bestürzt. „Wo geht er denn hin wenn er Kummer hat? Weißt Du es?"

Luca schaute ratlos.

„Mein Vater könnte es wissen. Zu ihm hat Damiano Vertrauen!" antwortete er.

Wir gingen in den Garten, wo Vincenzo um sich abzulenken den Rasen mähte.

Luca fragte ihn nach Rückzugsorten von Damiano. Vincenzo überlegte kurz und sagte dann: „Er ist manchmal unten am See, wo die alte Anglerhütte steht. Dorthin zieht er sich zurück wenn er seine Ruhe haben will!"

Luca und ich schauten uns an und liefen fast gleichzeitig los zum Auto.

Am See angekommen trennten wir uns. Luca wollte zu der Hütte und ich lief in die andere Richtung.

Nach ein paar hundert Metern sah ich eine Gestalt auf einem Steg sitzen. Ich ging näher. Dort saß tatsächlich Damiano und schaute auf den See. Ich ging langsam näher und rief leise seinen Namen.

„Damiano! Ich bin es! Was machst Du denn hier? Wir suchen Dich überall und sind verrückt vor Sorge!"

Damiano drehte sich um. Sein Gesicht war wuterfüllt.

„Ihr macht Euch Sorgen? Seit wann habt ihr mich denn vermisst? Heute Morgen?"

„Du tust uns unrecht. Wir haben sogar schon die Polizei eingeschaltet. Wir hatten große Angst um Dich!" antwortete ich.

Erst jetzt sah ich das Damiano ein Messer in der Hand hatte.

„Was willst Du mit dem Messer?" sagte ich und ging langsam weiter.

„Lass mich in Ruhe! Keiner will was mit mir zu tun haben. Auch meine Freundin hat mich verlassen. Ich will nicht mehr, es hat alles keinen Sinn mehr!"

Damiano war sichtlich verzweifelt.

„Das stimmt doch nicht! Dein Vater und Dein Großvater lieben Dich sehr. Und ich würde Dich auch gern endlich mal in den Arm nehmen. Gib uns doch eine Chance!"

„Geh weg!" schrie Damiano, als ich versuchte noch näher zu kommen. „Sonst schneide ich mir die Pulsadern auf!"

Ich wusste nicht was ich machen sollte. Luca war nicht zu sehen. Ich musste aber handeln.

Ich ging langsam immer weiter hinaus auf den Steg. Als ich fast bei Damiano angekommen war, sprang er auf und fuchtelte mit dem Messer in meine Richtung.

„Damiano, lass das Messer fallen. Wir können doch über alles reden!" sagte ich verzweifelt.

In diesem Moment machte Damiano einen Schritt nach vorn und stach mir mit dem Messer in den Oberarm. Ich schrie vor Schmerzen und Schrecken laut auf.

Ich schaute entsetzt zu Damiano, der jetzt blass und verängstigt das Messer fallen ließ.

Ich blutete stark und drückte mit der Hand auf die Wunde.

„Bella, es tut mir so leid. Ich wollte Dich nicht verletzten. Ich rufe den Notarzt!" Damiano suchte in seiner Hosentasche nach seinem Handy.

In diesem Moment hörte ich Schritte auf dem Steg. Luca kam auf uns zu. Dann sah er meinen blutenden Arm.

„Was ist passiert? Du bist ja verletzt!" rief er erschrocken.

„Ich erkläre Dir alles, aber ich glaube ich muss erstmal ins Krankenhaus!" antwortete ich.

Damiano hatte den Notarzt erreicht. Wenige Minuten später fuhr ein Rettungswagen den Feldweg hinunter. Luca fragte erstmal nicht weiter nach und nahm Damiano stattessen in den Arm. Dieser weinte leise vor sich hin.

Ein Sanitäter nahm mich mit zu dem Rettungswagen und versorgte meine Wunde.

„Sie müssen ins Krankenhaus Signora! Die Wunde muss genäht werden!" sagte er. Luca übersetzte für mich.

Ich wurde in das nahegelegene Krankenhaus gebracht, wo ein Arzt mich versorgte. Danach durfte ich wieder nach Hause.

Luca hatte in der Zwischenzeit Damiano nach Hause gebracht. Vincenzo kümmerte sich um ihn. Dann holte Luca mich aus dem Krankenhaus ab. Auf der Fahrt nach Hause erzählte ich ihm was passiert war.

„Aus Damiano war nichts heraus zu bekommen. Ich glaube er hat einen Schock. Er ist völlig verzweifelt!" sagte Luca. „Was machen wir denn jetzt?"

„Du musst auf jeden Fall erstmal die Polizei informieren, dass er wieder da ist. Das ist das Wichtigste. Wenn er sich beruhigt hat, dann würde ich gern zuerst mit ihm sprechen!" antwortete ich.

Luca nickte.

„Natürlich! Ich hatte solche Angst um Dich, als ich Dich so blutend gesehen habe!"

„Die Situation ist außer Kontrolle geraten. Ich hätte Damiano einfach in Ruhe lassen sollen. Aber ich hatte Angst, dass er sich die Pulsadern aufschneidet.

Ich glaube, dass er es vor hatte. Liebeskummer ist ein so schlimmes Gefühl. Wir kennen das doch auch, oder?"

„Bella, ich liebe Dich so sehr!"

„Ich liebe Dich auch!" antwortete ich und lächelte.

Als wir zu Hause ankamen, stürmte Benny auf mich zu.

„Mama, hast Du Aua?" fragte er und zeigte auf meinen Verband.

„Ein kleines bisschen, es ist aber bald wieder gut!" sagte ich und streichelte ihm über das Köpfchen.

„Damiano ist wieder da! Er ist in seinem Zimmer und weint! Hat er auch Aua?" fragte Benny.

Luca nahm ihn auf den Arm.

„Er ist müde und er ist traurig! Wir lassen ihn jetzt erstmal in Ruhe. Morgen geht es ihm bestimmt besser!" antwortete Luca.

Benny schien zufrieden mit der Antwort denn er wollte wieder spielen. Vincenzo nahm ihn an die Hand und ging mit ihm in sein Zimmer, damit ich mich ausruhen konnte.

Ich legte mich auf eine Liege auf der Terrasse und war kurze Zeit später eingeschlafen. Ich wurde wach, weil ich merkte, dass mich jemand zudeckte.

Als ich die Augen öffnete, sah ich wie Damiano gerade wieder zurück ins Haus ging. Er hatte mir die Decke übergelegt, weil es langsam kühl wurde. Ich musste lächeln.

Luca kam kurze Zeit später auch auf die Terrasse. Er hatte mir Brot und Käse und ein Glas Wein mitgebracht.

„Hast Du Hunger?" fragte er.

„Und wie. Ich habe ja den ganzen Tag noch nichts gegessen!" antwortete ich.

Ich stand auf und setzte mich zu Luca an den Tisch.

Nachdem wir beide einen Schluck Wein getrunken hatten, schaute mir Luca tief in die Augen.

„Ich bin so glücklich, dass Damiano wieder da ist. Und ich bin so froh, dass Dir nichts Schlimmes passiert ist. Ich habe eben kurz mit meinem Sohn gesprochen. Er ist immer noch untröstlich und kann gar nicht mehr sagen wie er Dich verletzt hat."

Luca streichelte über meine Hand.

„Es war eine fürchterliche Zeit für uns alle und ich bin froh, dass Damiano wieder bei uns ist. Ich kann mir gar nicht vorstellen, wie es wäre, wenn Benny verschwunden ist!"

Bei dem Gedanken lief es mir eiskalt über den Rücken.

„Nicht zu wissen was mit Deinem Kind ist, ist die Hölle. Erst jetzt weiß ich wie sehr ich Damiano liebe!" sagte Luca leise.

„Dann solltest Du es ihm auch sagen. Ich glaube er ist ein sehr einsames Kind!" antwortete ich.

Luca nickte. Dann nahm er mich vorsichtig in den Arm und küsste mich leidenschaftlich. In diesem Moment wusste ich, dass alles gut werden würde.

Am nächsten Morgen weckte mich Benny. Er sprang in unser Bett und legte sich wie immer zwischen Luca und mich.

Er streichelte mit seinem kleinen Händchen über meinen Verband und fragte:

„Tut das Aua noch weh? Hat Damiano das gemacht?"

Ich nahm ihn in den Arm. Dann sagte ich: „Es ist gar nicht mehr schlimm. Damiano hat das nicht gewollt. Er hat mich aus Versehen mit einem Messer verletzt. Ich war auch ein bisschen selber schuld!"

„Hast Du Damiano geärgert?" wollte Benny jetzt wissen.

„Er war sehr traurig und ich habe nicht verstanden, dass er seine Ruhe haben wollte. Ich weiß, dass es ihm jetzt furchtbar leid tut!"

„Soll er auch mit in euer Bett kommen?" fragte Benny.

Ich musste lächeln. Für Kinder war immer alles so einfach.

„Ich glaube nicht, dass er das möchte. Dafür ist er schon zu groß", antwortete ich.

Benny schaute zu Luca hinüber. Der drehte sich gerade zu uns um und sagte:

„Bon giorno, ihr Quälgeister!"

Dann kitzelte er Benny bis dieser anfing zu quietschen.

Ich stand auf und ging ins Badezimmer. Nachdem ich geduscht hatte kochte ich Kaffee und deckte den Tisch.

Ich hatte gar nicht bemerkt, dass Damiano in die Küche gekommen war.

„Wie geht es Dir?" fragte er leise.

Ich drehte mich um und sah in sein verweintes, unglückliches Gesicht.

Ich ging auf ihn zu und nahm ihn in den Arm. Erst zuckte er zusammen, dann ließ er es aber geschehen. Er schluchzte laut und sagte immer wieder:

„Es tut mir so leid! Bella, ich wollte das nicht, glaub mir bitte."

„Ich strich über seine Haare.

„Es ist alles gut. Ich weiß, dass Du mich nicht absichtlich verletzen wolltest. Wir sollten uns einfach mal aussprechen, wenn Dir danach zumute ist. Ich glaube, Du hast nie gelernt über Deine Gefühle zu sprechen. Da haben Deine Eltern beide versagt. Ich weiß, dass Luca darüber sehr unglücklich ist."

Damiano schniefte und löste sich aus der Umarmung. Er nickte stumm und setzte sich an den Tisch.

Benny kam jetzt auch in die Küche gestürmt und setzte sich ganz selbstverständlich neben Damiano. Er schaute zu ihm hoch und sagte:

„Spielst Du heute Nachmittag mit mir Fußball?"

Damiano nickte. Dann nahm er eine Scheibe Brot, schmierte Bennys Lieblingsmarmelade darauf und legte es auf seinen Teller.

Dieser war anscheinend damit einverstanden, denn er futterte gleich munter drauf los.

Luca brachte seinen Sohn nach dem Frühstück ins Internat. Er wollte auf der Fahrt nochmal in Ruhe mit ihm reden. Ich drückte Damiano zum Abschied und sagte: „Wir sehen uns dann am

Wochenende. Überleg Dir mal ob wir nicht gemeinsam etwas unternehmen können. Ich würde mich wirklich sehr freuen!"

Damiano lächelte und antwortete: „Es tut mir leid, dass ich Dir bisher das Leben so schwer gemacht habe. Du bist eigentlich richtig nett!"

„Das ist das schönste Kompliment, das ich seit langem bekommen habe!" sagte ich und hoffte, dass es endlich möglich war, sich Damiano anzunähern.

Ich winkte dem Auto noch eine Weile nach, dann schnappte ich mir Benny und brachte ihn in den Kindergarten.

In der nächsten Woche musste ich nochmal ins Krankenhaus. Die Fäden der Schnittwunde wurden entfernt. Auf dem Rückweg nach Hause fuhr ich noch zu einer Apotheke. Ich hatte schon seit einiger Zeit keine Periode mehr gehabt und ich wollte mir einen Schwangerschaftstest kaufen.

Eigentlich rechnete ich nicht damit schwanger zu sein, denn es ging mir gut. Mir war morgens nicht übel und ich hatte Appetit. Ich wollte aber sicher gehen. Außerdem hatte ich auch schon vorher ganz unregelmäßig meine Periode.

Zuhause angekommen machte ich den Test und musste ein paar Minuten auf das Ergebnis warten. Ich kochte mir eine Tasse Kaffee und ging dann zurück ins Badezimmer, wo ich den Test abgelegt hatte. Er war positiv! Ich konnte es kaum glauben. Luca und ich würden Eltern werden.

Ein wahnsinniges Glücksgefühl durchströmte mich. Ich musste mich auf den Badewannenrand setzen und mich erst einmal beruhigen. Wie würde Luca darauf reagieren? Wir hatten bisher nicht darüber gesprochen, ob wir noch ein weiteres Kind haben wollten.

Bevor ich es Luca sagen wollte, machte ich noch einen Termin bei einem Frauenarzt, der ganz gut Deutsch sprach. „Herzlichen Glückwunsch! Sie sind schwanger und bereits im dritten Monat!" sagte der Arzt.

„Es ist so ganz anders als bei meiner ersten Schwangerschaft. Mir geht es wunderbar. Bei meinem Sohn war mir ständig übel!" antwortete ich.

„Vielleicht wird es ja diesmal ein Mädchen?" sagte der Arzt und lächelte.

Am Abend, nachdem Benny im Bett war und auch Vincenzo sich zurückgezogen hatte, ging ich zu Luca nach draußen auf die Terrasse. Es war immer noch sehr warm.

„Möchtest Du auch ein Glas Wein?" fragte Luca.

„Nein, ich nehme mir einen Saft!" sagte ich.

Dann setzte ich mich neben Luca auf eine Gartenliege. Ich war tatsächlich nervös. Wie würde er auf die Nachricht reagieren?

Luca schaute zu mir, dann stand er auf und setzte sich auf meine Liege.

„Mach mal die Augen zu!" sagte er.

„Was ist denn los?" fragte ich.

„Nicht fragen! Augen zu!" kommandierte Luca.

Ich hörte wie er kramte und dann leise sagte: „Jetzt kannst Du die Augen wieder aufmachen!"

Ich blinzelte und dann setzte mein Herz für eine Sekunde aus.

Luca hielt eine kleine Schachtel mit einem wunderschönen Diamantring in der Hand.

„Bella, mein wunderschöner Schatz, möchtest Du meine Frau werden?" fragte er heiser.

Ich antwortete mit zitternder Stimme: „Nichts lieber als das! Natürlich sage ich Ja!"

Luca und ich lagen uns in den Armen und mir kamen die Tränen.

Nach einer Weile sagte ich: „Jetzt hatten wir endlich mal das richtige Timing! Wir bekommen nämlich ein Baby. Das wir dann verheiratet sind, wäre von Vorteil!"

Luca schaute erst ungläubig, dann sprang er auf und zog mich von der Liege.

„Ich bin der glücklichste Mann der Welt! Ich liebe Dich!" sagte er und küsste mich zärtlich.

Die nächsten Monate verliefen sehr harmonisch. Benny konnte es kaum erwarten ein Geschwisterchen zu bekommen. Damiano öffnete sich auch Schritt für Schritt. Wir sprachen viel mit ihm und so langsam kam er aus seinem Schneckenhaus. Viel Einfluss hatte sicherlich auch seine neue Freundin. In der Pubertät verliebt man sich so schnell wieder neu.

Zwei Monate nach dem Antrag heirateten wir in Venedig. Es war ein traumhaft schöner Tag. Wir feierten mit der ganzen Familie und Freunden. Mein Brautkleid passt gerade noch so. Der Babybauch wurde langsam sichtbar.

Unsere Tochter wurde ein Sonntagskind. Sie kam pünktlich und kerngesund auf die Welt.

Wir nannten sie Lilly.

Letzter Teil

25 Jahre später

Ich saß vor dem Spiegel und fragte mich, wo all die vielen Jahre geblieben waren. In meinem Gesicht hatten sich ein paar Sorgenfalten, aber auch viele Lachfalten eingegraben. Meine blonden Haare waren jetzt getönt, aber meine blauen Augen strahlten immer noch. Ich war jetzt Mitte sechzig und hatte mich gut gehalten.

Ich legte mir meine Perlenkette um und dachte an all die Menschen, die in den letzten Jahren gegangen und gekommen waren.

Meine Eltern und auch Vincenzo waren kurz hintereinander gestorben. Auch Lorenzo, Lucas´ Zwillingsbruder, war vor ein paar Monaten tödlich verunglückt, als er viel zu schnell mit seinem Sportwagen unterwegs war.

Ich strich mir meine widerspenstige Strähne aus dem Gesicht. Sie war mir treu geblieben.

Die Tür öffnete sich und Luca kam ins Schlafzimmer. Er war etwas kräftiger geworden, aber immer noch sehr attraktiv. Seine vollen Haare waren etwas dünner und von silbernen Strähnen durchzogen.

Er stellte sich hinter mich und küsste mich auf die Schulter. Das erzeugte bei mir noch nach all den Jahren eine Gänsehaut.

„Komm Schatz! Du bist schön genug. Lass uns in den Garten gehen. Unsere Gäste warten und Svenja hat bestimmt schon Hunger!" sagte er und zwinkerte mir zu.

„Kannst Du glauben, dass wir schon Silberhochzeit haben?" fragte ich.

Luca schaute mir tief in die Augen.

„Ich kann es immer noch nicht glauben, dass das Schicksal es so gut mit uns gemeint hat. Weißt Du noch, was Du einmal gesagt hast?"

Ich schüttelte den Kopf.

„Du hast gesagt, dass das Schicksal bei uns kurzsichtig ist. Ich glaube, es hat endlich die Brille aufgesetzt!" antwortete er.

Ich musste lächeln.

„Andiamo amore mio. Ti amo!" sagte ich und nahm Lucas´ Hand. Dann gingen wir in den Garten um mit den Anderen zu feiern.

Was ist geworden aus….

Damiano

Damiano wurde, nachdem Luca vor fünf Jahren einen leichten Herzinfarkt hatte, Geschäftsführer unserer Hotelkette. Er leitet sie sehr erfolgreich. Er hatte noch viele Freundinnen, bevor er seine Frau Tamina kennenlernte. Die Beiden haben mittlerweile vier Kinder.

Benny

Auch Benny hat die große Liebe gefunden. Er hat in alter Tradition eine Deutsche geheiratet. Er hatte sie während eines Besuches bei seinem Vater, in dessen Cocktail Bar kennengelernt. Mario hatte sich vor ein paar Jahren gemeinsam mit einem Freund selbstständig gemacht. Benny und Lena sind mittlerweile Eltern einer süßen Tochter. Sie heißt Emily. Benny hat Jura studiert. Er hat eine eigene Kanzlei in Sirmione, nur eine Stunde von uns entfernt.

Lilly

Unsere Tochter Lilly ist Luca wie aus dem Gesicht geschnitten. Nur die blonden Haare hat sie von mir. Sie studiert in Mailand Modedesign.

Dort lebt sie mit ihrem Freund Ciro zusammen. Es ist schwer für uns gewesen, als unser Nesthäkchen das Haus verlassen hatte.

Aber alle Kinder und Enkelkinder kommen uns regelmäßig besuchen.

Svenja und Simon

Svenja und Simon haben, nachdem ihre Kinder aus dem Haus waren, hier ganz in der Nähe ein Ferienhaus gekauft. Die Beiden lieben sich wie am ersten Tag, obwohl Svenja mittlerweile kugelrund geworden ist. Sie hat es aufgegeben irgendwelche Diäten zu machen und genießt mit Simon das Leben. Wir treffen uns immer noch regelmäßig und erinnern uns sehr gerne an die alten Zeiten.

Bibliografische Information der Deutschen Nationalbibliothek: Die Deutsche Nationalbibliothek verzeichnet diese Publikation in der Deutschen Nationalbibliografie; detaillierte bibliografische Daten sind im Internet über <u>dnb.dnb.de</u> abrufbar.

© 2021 Ira Fay

Herstellung und Verlag: BoD – Books on Demand, Norderstedt
ISBN: 9783755754169

FSC
www.fsc.org
MIX
Papier aus ver-
antwortungsvollen
Quellen
Paper from
responsible sources
FSC® C105338